Miranda J. Fox

Zuckersüßes Chaos

Teil 3

Roman

Erste Auflage September 2014

Cover: Alexander Kopainski
Lektorat: Lilian R. Franke

ISBN-13: **978-1501024542**
ISBN-10: **150102454X**

www.mirandajfox.com

Kapitel 1

»Wie fühlst du dich?«, fragte Jason und umarmte mich fester. Hörte ich da eine Spur Unsicherheit in seiner Stimme mitschwingen? Die Fenster waren noch beschlagen und der Morgentau glitzerte auf dem Gras wie Tausend kleine Diamanten. Durch den Fensterspalt drang eine kühle Brise, die sich mit der aufgewärmten Luft im Zimmer vermischte und irgendwo zwitscherte ein Vogel.

Ich atmete tief ein, als der unverwechselbare Geruch von nassem Waldboden hereingetragen wurde, doch die Kälte biss auch unsanft in meine Haut und weckte mich aus meiner Lethargie.

»Wunderbar, einfach nur wunderbar«, murmelte ich und rutschte höher, um sein Kinn zu küssen. Dann bettete ich meinen Kopf wieder auf seine warme Brust und schlang meinen Arm um seine Taille. Am liebsten wäre ich nie wieder von diesem Bett aufgestanden, und es graute mir schon davor, morgen wieder zur Uni gehen und dem wundervollen Wochenende Lebewohl sagen zu müssen. Aber alles Gute hatte ja bekanntlich sein Ende – auch Semesterferien. Gestern hatte Jason das Sofa zum Bett ausgezogen und mit der Vorderseite zur verglasten Fensterfront gerückt, sodass wir unmittelbar vom Sofa aus in den Wald schauen konnten. Er besaß ein gemütliches Haus, das am Stadtrand lag und bescheiden, aber geschmackvoll eingerichtet war.

Das große Grundstück sorgte zudem für ausreichend Privatsphäre, sodass man fast meinen könnte, man befände sich mutterseelenallein in einem Märchenwald. Bei Wein und Kerzenschein hatten wir gestern auf den Sonnenuntergang gewartet und anschließend … nicht geschlafen – nicht sofort zumindest.

Jason hatte mir heute Morgen Frühstück zubereitet und ans Bett gebracht, um alles so perfekt wie möglich zu machen, und zu sehen, wie viel Mühe er sich dabei gab, berührte mich zutiefst. Zufrieden hatte ich zum Wald hinaus gesehen und dem gleichmäßigen Schlagen von Jasons Herzen gelauscht. Dann musste ich eingeschlafen sein, denn als ich aufwachte, lag mein Kopf auf dem Kissen und Jason war verschwunden.

»Was zum Teufel soll das heißen?«, hörte ich ihn fragen.

»Ich habe dir doch letzte Woche erst …«, er brach abrupt ab, und ich konnte hören, wie er sich weiter wegbewegte. Er musste in der offenen Küche stehen, denn obwohl er sich Mühe gab, leise zu sprechen, konnte ich ihn laut und deutlich verstehen.

»Hör zu, ich habe jetzt keine Zeit dafür, ich rufe dich später an«, sagte er schroff und legte auf. Als er zum Sofa zurückkam und mich wach sah, erstarrte er kurz, schlüpfte dann aber wieder unter die Decke.

»Wer war das?«, fragte ich verschlafen und unterdrückte ein Gähnen.

»Will, er hat mal wieder Mist gebaut«, antwortete er und bettete meinen Kopf auf seine Brust. Ich konnte hören, dass sein Herz ungewöhnlich schnell schlug.

»Meine Eltern haben uns übrigens zum Essen eingeladen. Sie sind nächste Woche in der Stadt und dann erst wieder nächstes Jahr. Bist du bereit, die Westwoods kennenzulernen?«, fragte er und wackelte mit den Augenbrauen.

»Unbedingt, ich kann es kaum erwarten«, sagte ich, und nachdem ich mich wieder an seinen Körper geschmiegt hatte, widmeten wir uns abermals dem traumhaften Anblick des Waldes.

***

»Okay, Süße, du hast jetzt ganze vier Tage bei Jason geschlafen. Was ist da gelaufen?«, fragte Vicky und langte nach dem Brot, dass ich *mir* soeben für die Uni geschmiert hatte. Ich wollte ihr auf die Finger hauen, doch da war sie schon außer Reichweite gesprungen.

»Na, was glaubst du wohl?«, fragte ich und griff nach dem Brotkorb, um mir ein neues Sandwich zu zubereiten. Dabei versuchte ich, das Grinsen zu unterdrücken, das aus mir herausbrechen wollte - doch es war vergebens. Schon den ganzen Tag strahlte ich wie ein Honigkuchenpferd, und es fühlte sich nicht so an, als würde das in naher Zukunft aufhören. Ich war einfach der glücklichste Mensch der Welt, und plötzlich hatte die Redewendung *von innen heraus strahlen* eine ganz neue Bedeutung für mich.

»Also habt ihr es endlich getrieben«, stellte sie mit einem schelmischen Lächeln fest und biss genüsslich in mein Brot hinein.

Empört drehte ich mich zu ihr um.

»Weißt du, aus deinem Mund klingt das einfach nur furchtbar«, bemerkte ich kopfschüttelnd.

»Und wir haben es auch nicht getrieben, sondern miteinander geschlafen – das ist ein Unterschied.«

»Und wie war er?«, erkundigte sie sich, ohne auf meine anklagenden Worte einzugehen.

»Vicky, er ist dein bester Freund! Findest du die Frage nicht etwas unpassend?«, fragte ich entrüstet.

»Und du bist meine Cousine, wo ist das Problem? Außerdem erzähle ich dir auch ich immer alle Einzelheiten, und wenn ich Jason fragen würde, würde er sich sowieso nur in den Himmel loben, er ist ein Mann, er kann nichts dafür. Ich will aber die ungeschminkte Wahrheit wissen.«

Lachend wandte ich mich ihr zu und nippte an meinem frisch aufgebrühten Kaffee.

»Es war schön, genau so, wie ich es mir immer gewünscht habe.«

»Und weiter? Wie war er?«, wollte sie ungeduldig wissen.

Ich zuckte die Schultern.

»Da ich niemanden zum Vergleich habe, denn meinen verblödeten Exfreund kann man nicht mitzählen, der Beste, den ich jemals hatte«, sagte ich grinsend, wohl wissend, dass sich Vicky viel mehr Einzelheiten erhoffte. Doch da musste ich sie leider enttäuschen. Sie selbst mochte ja kein Problem damit haben, sich ein Schild um den Hals zu hängen und ihre Abenteuer gut leserlich mit sich herumzutragen, doch ich hatte gern meine Privatsphäre – auch oder vor allem bei meiner Cousine und besten Freundin.

»Mein Gott, du bist ja schlimmer als meine Großmutter«, nörgelte sie und biss plötzlich lustlos in meine Stulle hinein. Sie sah das Ding an, als wäre ihr gerade der Appetit vergangen, und ich schwor, wenn sie es jetzt wegschmiss, würde ich ihr die Finger abhacken. Niemand klaute mir meine Stullen und warf sie dann einfach weg!

»Mehr wirst du von mir aber nicht zu hören bekommen«, stellte ich klar und

öffnete das Küchenfester, um frische Luft hereinzulassen.
»Tzzz, dann werde ich ab sofort auch keine Bettgeschichten mehr preisgeben«, drohte sie mir an, was mich zum Lachen brachte.
»Ich kann nicht behaupten, dass mich das traurig stimmt, ehrlich.«
Sie sah böse zu mir auf, dann sagte sie Augenbrauen wackelnd:
»Okay, dann habe ich noch eine letzte Frage: Ist Jason denn schon ein großer Junge?« Ich drehte mich blitzschnell zum Waschbecken, weil ich ihr den Kaffee sonst direkt ins Gesicht gespuckt hätte.
»Gott, du bist echt widerlich!«, rief ich, konnte ein Grinsen aber nicht unterdrücken. Als wir mit dem Frühstück fertig waren, zogen wir uns an und sprangen in Vickys Wagen, um zur Uni zu fahren. Das Wetter war grauenvoll, es war kalt, regnete in Strömen und der Wind blies einem förmlich die Haare vom Kopf - ganz anders als in den letzten Tagen - und auch für die kommende Woche war schwerer Regen und Unwetter angesagt. Als hätte sich das Wetter pünktlich zu Semesterbeginn umgerüstet – Frechheit!

Der erste Schultag in der Uni war wie immer gewöhnungsbedürftig. Man sah altbekannte Gesichter, war – zumindest traf das auf mich zu - wenig enthusiastisch und betete, dass der Stoff nicht noch schwieriger werden würde als im letzten Semester – was er natürlich wurde! Ich beneidete Jason dafür, dass er so ein Genie war, denn im Gegensatz zu mir konnte er es sich leisten, eher selten Lesungen zu besuchen und hauptsächlich von zuhause aus zu lernen. Ich verstand es einfach nicht. Er musste sich nur kurze Zeit mit einem Thema beschäftigen und schon hatte er es drauf, und mit *drauf* meine ich nicht nur oberflächliche Fakten, sondern alles, komplett, mit Hintergrundwissen und so! Das war doch nicht normal und unfair war es auch.

Ob er mich eigentlich für unterbelichtet hielt? Ich kam mir zumindest so vor, wenn ich die Themen überflog, die dieses Semester auf mich zukamen. Gegen 13 Uhr war die zweite Lesung vorüber, und als ich aus dem Saal trat, wartete Jason bereits auf mich. Er sah engelhaft aus, dunkel gekleidet, athletisch und ein bisschen gefährlich. Die Sorte Mann, vor der die Mütter einen warnen, von der man sich aber automatisch angezogen fühlt. Er lehnte lässig an der gegenüberliegenden Wand, als hätte er die Pose für einen Hollywoodstreifen geübt, doch ich wusste, dass nichts davon gespielt war.

So war Jason nun mal, cool und schmerzhaft attraktiv. Den Eindruck schienen auch einige Studentinnen zu haben, denn nicht wenige drehten sich nach ihm um. Glücklicherweise war sein Blick aber einzig allein auf mich gerichtet, was mich innerlich Luftsprünge machen ließ. Ich meine, dieser Traummann dort drüben war einzig und allein meinetwegen hier – und er liebte mich! Vergessen war die Sorge wegen des kommenden Unterrichtsstoffes und die Langeweile wegen der beiden einschläfernden Lesungen. Der restliche Tag würde Jason und mir gehören, nur uns beiden.

»Da ist ja meine Königin«, sagte er und zog mich blitzschnell zu sich heran. Bevor ich überhaupt den Mund aufmachen konnte, lagen seine Lippen auf meinen, und auch wenn ich andere Pärchen für gewöhnlich dafür belächelte, denn nichts war peinlicher als in der Öffentlichkeit rumzuknutschen, störte es mich in diesem Moment nicht. Wahrscheinlich sah gerade die halbe Uni zu, vor allem die Studentinnen, doch es war mir egal oder sagen wir so: Das berauschende Kribbeln, das sein Kuss in mir entfachte, überdeckte einfach alle schamhaften Gefühle. Jason hätte mir hier und jetzt die Kleider vom Leib reißen können und ich hätte nichts dagegen unternommen – okay, das war gelogen, aber zumindest fühlte es sich so an.

»Nenn mich nicht so!«, verlangte ich, als ich mich befreien konnte und sah mit zusammengekniffenen Augen zu ihm auf.

»Aber du bist doch meine Königin«, sagte er mit einem schiefen Lächeln und legte mir einen Arm um die Schultern.

»Meine Königin, Gebieterin, Herrin, Meisterin, Domina, Göttin …«

»Okay, ich hab's verstanden. Du kannst aufhören, das Woxikon zu plündern«, sagte ich peinlich berührt. Er brauchte mich nicht so zu nennen. *Freundin* würde mir schon genügen, außerdem wollte ich nicht, dass er mich über sich stellte … wobei das eigentlich gar nicht möglich war. Selbst wenn sich Jason noch so viel Mühe geben würde, er stände immer im Mittelpunkt - er konnte nichts dafür. Es war wie zu Teenagerzeiten. Jeder hatte in seiner Clique eine Person gehabt, die unerklärbar beliebt gewesen war. Die von jedem auf Partys eingeladen wurde, auf denen man sich immer getroffen hatte, und die einfach überall gut ankam. So musste auch Jasons Jugend ausgesehen haben, nur, dass sich bis heute nichts daran geändert hatte.

Nein, ich könnte mich nie mit ihm gleichstellen. Manchmal fragte ich mich sogar, was er eigentlich in mir sah. Es gab weiß Gott hübschere, nettere und zielstrebigere Frauen, aber er hatte sich für mich entschieden.

Nicht, dass ich an seinen Absichten zweifelte, keineswegs, es war nur irgendwie zu schön, um wahr zu sein. Jeden Morgen wartete ich darauf, dass ich aus diesem wunderschönen Traum aufwachte, doch das tat ich nicht. Der Traum ging weiter.

Kapitel 2

Drei Tage später hatte ich mich wieder an die Uni und die damit verbundenen Gänge zur Bibliothek gewöhnt. Stundenlang recherchieren, lernen … und wieder recherchieren. Jason hatte mich mal als Hermine bezeichnet, was ich absolut nicht nachvollziehen konnte, denn ich lernte nicht etwa so viel, weil es mir Spaß machte, sondern weil ich so lange brauchte, um den Stoff zu verinnerlichen, und weil ich alles ganz genau verstehen musste.

Und mal ehrlich, wenn das hier Hogwarts wäre und die Bücher mit Zauberformeln gefüllt wären, dann würde ich die Bibliothek auch jeden Tag mit einem strahlenden Lächeln betreten. Ob es hier eine verbotene Abteilung gab? Um den Nachmittag herum beendete ich meine Arbeit und klappte den Laptop zu. Dann machte ich mich auf den Weg zu meinem alten, aber über alles geliebten Volvo. Er hatte seine besten Jahre schon hinter sich, der rote Lack perlte hier und da bereits ab, aber er leistete mir noch treue Dienste. Er war wohl genauso stur wie ich, denn er wollte einfach nicht aufgeben. Jedes Mal, wenn ich mich über eine neue Rechnung beklagte, denn einen *Rentner* in Schuss zu halten, kostete natürlich, überraschte er mich mit weiteren Fahrstunden und lief dann wieder wie neu.

Ich wusste, dass er das nur tat, um sich bei mir einzuschleimen. Er wollte einfach noch nicht abdanken und konnte sich wohl genauso schwer von mir verabschieden wie ich mich von ihm. Aber genau deshalb behielt ich ihn. Solange noch ein Lebensfunke in ihm steckte, würde ich um ihn kämpfen - auch wenn er drohte, mich in den Ruin zu treiben. Jason lachte mich jedes Mal aus, wenn ich mit der Karre bei ihm angetuckert kam, doch ich glaube, dass er insgeheim froh war, mich nicht zu den Mädchen zählen zu müssen, die hinter seinem schicken Auto her waren. Er musste meinem Volvo ab und an bei kleinen Wehwehchen helfen, aber ansonsten kümmerte ich mich selbst um mein Fahrzeug. Heute musste ich ins Elektrogeschäft und mir eine neue Festplatte für meinen Laptop holen. Er war so randvoll mit Daten, dass er beinahe platzte, und ein langsamer Rechner war mehr als belastend.

Nun fragt man sich sicher, was denn alles darauf gespeichert war, tatsächlich hatte ich aber den ältesten und gebrechlichsten Laptop, den man nur haben konnte. Ich konnte mich aber nicht von ihm trennen, denn er war seit Jahren ein treuer Gefährte – wie mein Volvo. Ich war wohl wirklich ein Bauer, wie Vicky mich immer neckend bezeichnete, denn *was ein Bauer nicht kennt, frisst er nicht,* und genauso war es mit mir bei technischen Gerätschaften.
Als ich am Einkaufscenter vorbei kam und mir die aufdringlichen *Sale*–Schilder ins Auge fielen, freute ich mich wie ein Honigkuchenpferd.
Na, das passte doch perfekt. Jason war mit seinen Jungs unterwegs, Vicky war ebenfalls weg und ich hätte mich zuhause nur gelangweilt oder, noch schlimmer, wäre auf den Gedanken gekommen, zu lernen – da kam mir das Sale-Angebot gerade recht. So würde ich meinen Pflichtkauf mit einer kleinen Einkaufstour verknüpfen und, mal ehrlich, was gab es Besseres, als bei schlechtem Wetter zu shoppen?Ich war ein Gewohnheitsmensch und erledigte alle meine Arbeiten gern in geordneter Reihenfolge. Und auch beim Einkaufen hatte ich ein festes Muster, von

dem ich nur selten abwich. Zuerst war die untere Etage mit den günstigen Geschäften dran und, sollte ich dann nicht befriedigt sein oder noch Geld übrig haben (was eher selten der Fall war), arbeitete ich mich zu den hochpreisigen Geschäften durch. So verhinderte ich, dass ich mein hart verdientes Geld sofort herausschleuderte, sondern stattdessen immer erst nach einer günstigen Variante suchte. War ich nicht gewitzt? Bisher hatte mich diese Methode immer vor der absoluten Pleite bewahrt.

Anders als Vicky natürlich, die so viel Geld von ihren Eltern zugesteckt bekam, dass sie nicht wusste wohin damit. Manchmal ließ ich mich breitschlagen und von ihr einladen oder mir ein teures Kleidungsstück kaufen, aber das war eher selten und geschah auch nur dann, wenn sie mich stundenlang anbettelte, weil sie ein schlechtes Gewissen hatte.

Sie konnte es nicht ertragen, in teuren Designer-fummeln herumzulaufen, während ich mir das alles nicht leisten konnte. Die eine oder andere mag jetzt wohl den Kopf schütteln und sich fragen, was denn mit mir nicht stimmte, aber ich brauchte das wirklich nicht. Es genügte mir, mich mit preisgünstigen Stücken zu kleiden, und außerdem machte es viel mehr Spaß, Vickys Kleiderschrank zu plündern, wenn sie wieder einmal zu betrunken war, um es mitzubekommen. Meistens fiel ihr erst Wochen später auf, dass sich eines ihrer Kleider in meinen Schrank verirrt hatte, was sie mir dann heimzahlte, indem sie mir auch eins klaute. Wir waren bescheuert, ich weiß!

Ich wurde ziemlich schnell fündig, denn ausnahmslos jedes Geschäft machte bei der Rabatt-aktion mit, und so konnte ich ein paar Artikel abstauben, die ich schon länger im Auge hatte, bei dessen Preisen sich mein Geldbeutel aber gekräuselt hatte. Immerhin war es ein 70% Sale, da konnte man schon ordentlich was mitnehmen.

Zwei volle Tüten später war ich schon wieder auf dem Weg nach draußen, ohne die teuren Geschäfte überhaupt eines Blickes gewürdigt zu haben. Ich hatte ohnehin alles, was ich brauchte, und allmählich knurrte mir der Magen. Das letzte Geschäft vor dem Ausgang erregte dann aber doch meine Aufmerksamkeit, denn im Innern tummelten sich so viele Menschen, dass ich sie gar nicht alle zählen konnte. Nun gut, dachte ich mir schulterzuckend. Ein kurzer Blick schadet ja nicht. Es handelte sich um ein Accessoire-Geschäft, wie ich schnell feststellte, und das Konzept war simpel wie verlockend. Man hatte große, quadratische Tische aufgestellt, einen einheitlichen Preis für den darauf befindlichen Inhalt festgelegt und das Desaster war angerichtet. Wohin man nur sah, griffen die Frauen wie Furien hinein, schubsten, meckerten und gifteten sich an. Na, das sah doch einladend aus!

Vielleicht entdeckte ich ja etwas Nettes für Vicky. Ich kam an einem Grabbeltisch vorbei und erblickte ein rosafarbenes Halstuch, das mit gelben Flecken gesprenkelt war und sich von den dunkelblauen Tüchern abhob. Es war das letzte helle Tuch und sah wirklich niedlich aus, doch gerade, als ich danach greifen wollte, rammte mich jemand von der Seite und schnappte es mir vor der Nase weg. Die Hand noch ausgestreckt schaute ich in ein weibliches Gesicht, das mich schadenfroh angrinste.

Ich runzelte die Stirn, als die schwarzhaarige Frau zufrieden davonspazierte und sich noch einmal zu mir umdrehte, um mir frech mit dem Tuch zu zuwinken. Okay, offenbar waren die Tücher begehrter als gedacht! Anstatt mich aber darüber zu ärgern, zog ich weiter und tröstete mich mit dem Gedanken, dass die übergewichtige Dame es wohl nötiger hatte als ich. Vielleicht konnte sie damit ja ihr Doppelkinn verbergen!

Okay, ich war wohl doch etwas sauer darüber. Aber mal ehrlich, wer sich so daneben benahm, der konnte einem doch nur leidtun! Als ich mich zehn Minuten später in die Schlange stellte, ich hatte zwei schicke Armbänder gefunden, sah ich die besagte Frau an der Kasse stehen und mit einem Mitarbeiter diskutieren.

»… und als ich mich umgedreht habe, war das Tuch verschwunden!«, empörte sie sich.

»Das tut mir wirklich leid, aber ich kann unmöglich jeden Kunden durchsuchen«, beteuerte der Mitarbeiter. *Na sieh mal einer an*, dachte ich schadenfroh und rückte in der Schlange vor. Da hatte es ihr wohl jemand gleichgetan.

»Das werde ich nicht akzeptieren. Ich will dieses Tuch haben!«, beharrte sie, sodass sich der Mitarbeiter schon hilflos nach seiner Kollegin umsah. Als ich an der Frau vorbeikam, hätte ich ihr nur zu gern ein passendes Sprichwort ins Ohr geflüstert, aber so rot wie sie angelaufen war, befürchtete ich, dass sie mit ihren vollen Tüten um sich schlagen würde und außerdem war sie damit schon genug bestraft.

»Ganz schön viel los hier«, raunte mir jemand unvermittelt ins Ohr. Ich zuckte zusammen und drehte mich zu einem hochgewachsenen, dunkelhaarigen Typen um.

»Will«, begrüßte ich Jasons Freund und umarmte ihn.

»Was machst du denn hier … in einem Damen-Outlet?«, fragte ich schmunzelnd.

»Den Babysitter für meine Schwester spielen«, erklärte er und deutete hinter sich. So überfüllt wie das Geschäft war, hätte es allerdings jede sein können, weshalb ich kurz hinter ihn blickte und so tat, als würde ich sie sehen.

»Und wie geht's dir und Jason?«, erkundigte er sich, während wir weiter vorrückten. Die meckernde Kundin blieb hinter uns zurück.

»Uns geht's gut. Wäre schön, wenn wir uns alle mal wieder treffen würden«, sagte ich, als ein junges Mädchen nach ihm rief. Sie war ihm wie aus dem Gesicht

geschnitten, eine kleine, weibliche Version seiner selbst.
»Gerne, wenn du den Herrn mal dazu bewegen könntest, dass er sich bei mir meldet. Sag ihm, nur, weil er jetzt eine Freundin hat, braucht er sich nicht so gehen zu lassen.« Er klang keinesfalls wütend, eher belustigt, dennoch runzelte ich verwundert die Stirn. »Habt ihr nicht erst vor zwei Tagen miteinander telefoniert?« Er hob die Brauen.
»Na, das wüsste ich aber. Jason hat sich seit zwei Wochen nicht bei mir gemeldet, also bestell ihm schöne Grüße und tritt ihm von mir in den Hintern, ja?« Damit umarmte er mich und lief zu seiner Schwester, die ihn ungeduldig heranwinkte.
Ich blieb verwirrt zurück. Hatte Jason nicht gesagt, dass Will wieder einmal in Schwierigkeiten steckte, oder hatte er einen anderen Will gemeint? Ich zuckte die Schultern und legte meinen Einkauf auf den Tresen. Vielleicht hatte sich Jason ja auch versprochen. Kurz, bevor ich das Einkaufscenter verlassen wollte, fiel mir die Festplatte ein, wegen der ich ja überhaupt hergekommen war, und so eilte ich mit vollen Tüten zurück.

***

Zuhause angekommen fand ich das Haus, wie erwartet, leer vor und eilte als Erstes zum Kühlschrank. Mein Hunger hatte sich auf dem Rückweg ausgeweitet und war am Ende zu einem einzigen lauten Grummeln geworden. Gott, ich hasste es, Hunger zu haben, da bekam ich immer schlechte Laune! Weil es schnell gehen musste, schob ich mir, ganz Studentin, eine Fertigpizza in den Ofen und packte derweilen meine neuen Errungenschaften aus. Vickys Armband legte ich ihr auf das Sofa, wo es keinen Schaden nehmen konnte. Ich hatte ihr nämlich mal eine Vase vor das Zimmer gestellt, doch so betrunken wie sie abends nach Hause gekommen war, hatte sie das Gefäß glatt überrannt und in Einzelteile zerlegt. Seitdem legte ich ihr meine Aufmerksamkeiten immer dorthin, wo sie nach einer Party garantiert erst am nächsten Morgen sein würde, und da sie für gewöhnlich direkt in ihr Bett torkelte, hielt ich diese Dinge von ihrem Zimmer fern.

Nachdem ich gegessen und mich bettfertig gemacht hatte, ließ ich mich mit einem spannenden Roman ins Bett sinken und schaltete die Nachtlampe ein. Irgendwann meldete sich Jason und erkundigte sich nach meinem Wohlbefinden, was er übrigens alle zwei Tage tat, wenn wir nicht zusammen waren. War das nicht putzig? Als ich Jason damals kennengelernt hatte, hätte ich ihn nie für den romantischen Typ gehalten, aber genau das war er.

Er war immer noch frech und cool, aber er hatte auch eine verletzliche und verschmuste Seite, die ich in den letzten Wochen nur allzu gern kennengelernt hatte und von der ich wohl nie genug bekommen würde.

Nachdem wir aufgelegt hatten, schaltete ich die Lampe aus und schloss die Augen – irgendwann hörte ich Vicky die Treppen hinauf poltern.

Kapitel 3

»Was meinst du, ist das rosafarbene Kleid zu mädchenhaft?«, fragte ich Vicky und betrachtete mich unentschlossen im Spiegel. Wenn ich Jasons Eltern kennenlernte, wollte ich einen guten Eindruck hinterlassen, und das fing schon bei der Kleiderwahl an. Andererseits war ich seiner Mutter Elena ja schon begegnet, denn es war ihr zu verdanken, dass Jason und ich uns wieder vertragen hatten. Dennoch war es jetzt ein offizielles Treffen, und da wollte ich vorzeigbar aussehen.

»Willst du meine ehrliche Meinung hören?«, fragte Vicky, und so wie sie mich musterte, hatte ich schon eine ganz genaue Vorstellung davon, wie ihre Meinung lautete, deshalb sagte ich:

»Ich nehme die Frage zurück. Wenn es nach dir ginge, sollte ich am besten einen Minirock und ein bauchfreies Top tragen, richtig?«

Ungerührt schürzte sie die Lippen.

»So in etwa hatte ich mir das vorgestellt, ja, immerhin sollte man so gehen, wie man sich wohl fühlt.« Ich lachte.

»Nur, dass ich mich spärlich bekleidet nicht wohlfühle, sondern *du*!« Als es an der Tür klopfte und Jason eintrat, winkte ich ihm dankbar zu.

»Du bist meine Rettung, was hältst du davon?«, wollte ich wissen und drehte mich anschaulich im Kreis. Jasons Blick wanderte zu Vicky.

»Ist das ihr Ernst?«, fragte er an sie gewandt. Vicky prustete los.

»Ich hab‘s ihr ja gesagt, aber sie denkt, so einen besseren Eindruck zu machen. Dass sie dabei aussieht wie die bessere Version von Micky Maus‘ Freundin, scheint sie nicht zu merken.«

»Hey!«, wandte ich mich an Jason und ignorierte Vickys Vergleich.

»Wenn du mir was zu sagen hast, dann sag es mir gefälligst ins Gesicht«, machte ich Jason an, der doch tatsächlich die Frechheit besaß, über Vickys Kommentar zu lachen. Dann kam er mit glitzernden Augen zu mir und packte mich an der Taille.

»Wenn du Rollenspiele spielen willst, können wir gerne noch mal auf das Outfit zurückkommen, Schatz, ansonsten würde ich dir dringend davon abraten.«

Vicky lachte wieder, und ich warf ihr über seine Schulter einen bösen Blick zu. »Ich will ja nur einen guten Eindruck machen«, erklärte ich.

»Das hast du längst«, sagte er und drückte mir einen Kuss auf die Stirn.

»Sei einfach als du selbst.« Zweifelnd betrachtete ich seine atemberaubende Erscheinung. Als jemand, der immer gut gekleidet war und das Aussehen eines Models besaß, hatte er natürlich leicht reden. Aber sie hatten ja recht, verstellen brachte gar nichts. Als ich Anstalten machte, aus meinem Kleid zu schlüpfen und Jason immer noch anwesend war, hielt ich inne. Er hatte sich an den Türrahmen gelehnt und beobachtete mich mit verschränkten Armen.

»Du darfst dann gehen«, sagte ich und scheuchte ihn mit einer Geste fort, doch er blieb, wo er war.

»Komm schon, da gibt es nichts, was ich nicht schon gesehen hätte«, meinte er mit funkelnden Augen.

»Jason, raus!«, rief ich lachend und warf eine Socke nach ihm. Er duckte sich, sodass sie über seinen Kopf auf das Treppengeländer und von da ins Untergeschoss flog, und kam meiner

Aufforderung grinsend nach. Als die Tür geschlossen war, schüttelte Vicky den Kopf.

»Ernsthaft? Du schläfst mit ihm und da darf er dich nicht nackt sehen?«

»Schon«, sagte ich und schälte mich aus dem Kleid.

»Aber wir sind noch nicht lange zusammen und … ach, du weißt doch, wie das am Anfang ist. Man traut sich halt noch nicht.«

»Nein, weiß ich nicht«, erwiderte sie schulterzuckend, was mich grinsen ließ. Stimmt, so etwas wie Hemmungen oder Komplexe kannte Vicky nicht. Als ich fünf Minuten später in einer Jeans und weißer Bluse im Wohnzimmer erschien, erhob Jason sich lächelnd vom Sofa.

»So liebe ich mein Mädchen«, sagte er und legte mir einen Arm um die Schultern. Ich hatte die Bluse in die Hose gesteckt, meine Haare offen über die Schulter fallen lassen und das war alles. Kein Make-up und keinen Schmuck – ganz ich selbst also.

Wir verließen das Haus und stiegen in sein schwarzes Auto, und während wir losfuhren, zählte Jason mir die Eigenarten seiner Eltern auf. Eine halbe Stunde später näherten wir uns einem cremefarbenen

Bauwerk, das direkt meinen Träumen hätte entsprungen sein können.

»Oh, wow, das nenne ich mal ein Haus«, bemerkte ich anerkennend. Jason parkte den Wagen vor der Einfahrt, weil das Grundstück schon mit zwei Autos belegt war. Dann klingelten wir und warteten, bis das Tor aufgezogen wurde. Schon am Tor selbst vermutete ich, dass es sich um wohlhabende Leute handelte, aber als sich die schweren Gitter aufzogen, blickte ich auf das schönste Haus, das ich je gesehen hatte. Es war vielleicht keine vierstöckige Villa, aber man sah, dass es sich hier um ein hochpreisiges Haus handelte und die Besitzer nicht am Hungertuch nagten.

Es war zweistöckig und der Eingang wurde von zwei gewaltigen Säulen geschmückt, welche die Vorderterrasse trugen. Der gepflasterte Weg war von wunderschönen Rosenbeeten geziert, die mit Sicherheit regelmäßig und aufwendig gepflegt wurden. Ich sah mich fasziniert um, konnte aber nicht verhindern, dass ich mit jedem Schritt nervöser wurde.

Als ich aufgeregt an meinen Haarspitzen herumzupfte, legte Jason einen Arm um meine Schultern und zog meinen Kopf zu sich heran.

»Hey«, sagte er und küsste meinen Scheitel.
»Du brauchst nicht nervös sein, sie werden dich lieben.« Ich lachte aufgeregt und sagte:
»Um deine Mutter mache ich mir ja auch die wenigsten Sorgen.«
Er seufzte.
»Ich hätte dir wohl lieber nicht erzählen sollen, dass mein Vater sehr kritisch ist.«
»Allerdings nicht!«, bekräftigte ich und boxte ihm in die Seite.
»Aber ich werde es schon überleben, hoffe ich zumindest, und wenigstens kann ich jetzt überall erzählen, dass mein Freund aus gutem Hause kommt«, sagte ich scherzhaft und sah grinsend zu ihm auf. Es verrutschte allerdings, als ich seine düstere Miene bemerkte.
»Hey, alles in Ordnung?«, fragte ich.
Da wurde sein Blick wieder weich, und er lächelte mich an.
»Alles bestens, ich bin wohl selbst etwas nervös«, erklärte er.

***

»Ahhh, da ist ja meine Lieblingsschwiegertochter«, rief Elena, als sie die Tür geöffnet hatte, und schloss mich fest in ihre Arme. Elena war hochgewachsen und hatte dunkles Haar, das wie üblich zu einer lockeren Hochsteckfrisur frisiert war. Ihr schicker Hosenanzug schmiegte sich eng um ihre kurvige Figur, und mit den glänzend schwarzen Absatzschuhen war sie beinahe so groß wie Jason. Sofort legte sie mir einen Arm um die Schultern – jetzt wusste ich, woher Jason diese Geste hatte – und führte mich herum. Mir blieb kaum Zeit, seinen Vater zu begrüßen, obwohl ich mich bei ihm doch besonders anstrengen wollte, aber so skeptisch wie er mich musterte, war das vielleicht auch gut so.

»Guten Tag, Mr. Westwood, schön, Sie kennenzulernen«, sagte ich und reichte ihm die Hand. Er war eine eher weniger beeindruckende Erscheinung. Für meinen Geschmack etwas zu schlaksig gebaut, als dass man ihn an der Seite einer so starken Persönlichkeit wie Elena erwartete, aber er hatte intelligente blaue Augen und eine modische Kurzhaarfrisur.

»Freut mich«, sagte er knapp, dann zog mich Elena auch schon weiter.

»Hast du Hunger? Ich hoffe doch, ich habe extra Kuchen gebacken. Drei, um genau zu sein, man weiß ja nie.« Als uns eine schneeweiße Katze entgegen kam, blieb sie stehen und sagte:

»Das ist Maxwell, unser Kater, er ist blind, aber das hindert ihn nicht daran, uns auf Trab zu halten und quer durchs Haus zu jagen, wenn wir ihn nicht pünktlich füttern - und hier haben wir den Esstisch, wie du sieht, habe ich schon gedeckt und …«

»Mom!«, mischte Jason sich ein und stoppte ihren Monolog.

»Jetzt lass sie doch erst mal ankommen.« Elena betrachtete erst ihren Sohn, dann mich und gab mich dann mit einem entschuldigenden Lächeln frei.

»Oh, entschuldige bitte, ich bin einfach so aufgeregt«, sagte sie und wirbelte in die Küche, um den Kuchen anzuschneiden.

»Siehst du, du bist nicht die Einzige«, raunte er mir lächelnd zu und folgte seiner Mom. Ich sah mich nach seinem Vater um, der uns unauffällig gefolgt war und an der Säule lehnte - sein Blick war auf mich gerichtet.

»Also, Schätzchen, erzähl doch mal, wie läuft die Uni?«, fragte Elena und kam mit dem gewaltigen Küchenmesser auf mich zu. *Das muss in der Familie liegen*, dachte ich, als sie mich mit der spitzen Klinge an meinen Platz führte und dann wieder zu ihrem Kuchen zurückkehrte. Jason verdonnerte sie derweil zum Kaffee aufbrühen.

»Es läuft super, was hauptsächlich Ihrem Sohn zu verdanken ist. Er gibt mir hin und wieder Nachhilfe, und auch wenn er ein strenger Lehrer ist, die Stunden mit ihm sind sehr produktiv«, plapperte ich drauf los. Jason drehte sich mit gehobenen Augenbrauen zu mir um, und Elena prustete los.

»Oh, das kann ich mir vorstellen«, meinte sie und warf ihrem Sohn einen wissenden Blick zu. Da begriff ich erst, was ich gesagt hatte, und ruderte sofort zurück.

»Oh, ich meine nicht produktiv im Sinne von … Also, was ich sagen wollte …«

»Claire, Liebling, du machst es nur noch schlimmer«, fiel Jason mir ins Wort, und als ich ihn und seine Mutter lachen sah, schloss ich mich ihnen an. Nur sein Vater lachte nicht, nicht wirklich zumindest. Er bemühte sich zwar, seine Mundwinkel anzuheben, aber es sah eher gezwungen aus. Ich wüsste zu gern, wo sein Problem lag.

»Nun steh doch nicht herum wie sieben Tage Regenwetter, hilf mir lieber beim Schneiden«, forderte Elena ihren Mann auf und winkte ihn mit dem Messer zu sich. Daraufhin setzte er sich in Bewegung, und Jason trug den Kaffee zum Tisch. Während des Essens erfuhr ich allerlei Interessantes über Jasons Eltern. Elena war Chefin einer Immobilienfirma und ihr Mann Oliver arbeitete bei einem Pharmakonzern.

Sie lebten seit Jasons vierzehntem Lebensjahr in der Stadt, waren arbeitstechnisch aber nur selten zuhause. In seiner Jugend hatten sie ihn oft auf Reisen mitgenommen, weshalb er schon viel von der Welt gesehen hatte, und im Alter von achtzehn Jahren hatten sie einen Großteil des Betrages zu seinem eigenen Haus beigesteuert.

»Kann ich dich noch für ein Erdbeerstück begeistern?«, fragte Elena an mich gewandt. Oh Gott, ich sollte noch eins essen?

»Nein, danke«, winkte ich freundlich ab. Höflich wie ich war, hatte ich von jedem Kuchen ein Stück gegessen, obwohl ich schon nach dem Stück Sahnetorte satt gewesen war. Jason, der wusste, dass ich nichts abschlagen konnte, hatte die ganze Zeit über in sich hineingelächelt. Klar, jemand, der so fit war wie er und regelmäßig trainierte, konnte wahrscheinlich ganze Torten verschlingen, sein Körper verbrannte ohnehin alles im Sekundentakt, aber ich konnte da nicht mithalten.

»Noch ein Stück und meine Bluse platzt«, fügte ich hinzu.

Also stellte sie den Kuchen wieder zurück, und als sie und ihr Mann eine halbe Stunde später den Tisch abräumten – Jason und ich wurden gezwungen, sitzenzubleiben – gesellte sich Maxwell zu uns und sprang auf Jasons Schoß.

»Er ist wunderschön«, sagte ich und hielt ihm meine Hand hin, damit er daran schnuppern konnte. Daraufhin miaute der Kater und spazierte vollkommen unerwartet auf meinen Schoß hinüber. Als er sich schnurrend auf mir niederließ, sah ich Jason überrascht an.

»Ist er immer so zutraulich?«

»Eigentlich nicht«, erwiderte er.
»Du musst also etwas ganz Besonderes sein«, murmelte er augenzwinkernd.
Ich lachte und murmelte:
»Nie für einen coolen Spruch zu schade.«
Er beobachtete mich, wie ich Maxwells Nacken kraulte, dann fragte er:
»Magst du Katzen?«
»Ich liebe sie, vor allem so flauschig weiße wie Maxwell hier, aber meine Eltern sind nicht sehr begeistert von Haustieren.«
»Schade«, sagte er und kraulte den Kater noch einmal hinter den Ohren. Als die Sonne allmählich unterging, fanden wir uns mit Wein und Gebäck im Wohnzimmer wieder und amüsierten uns prächtig. Jasons Vater schien auch langsam aufzutauen, zumindest machte er Witze und suchte die direkte Konversation mit mir. Offenbar war er jemand, der mit Fremden erst warm werden musste.
»Wer möchte noch Wein?«, fragte er und ging zur Bar, um eine neue Flasche zu holen. Da mir ein Glas fürs Erste genügte und Jason noch fahren musste, war Elena die Einzige, die sich meldete. Während Jason die Toilette aufsuchte, zog Oliver den Korken, und als sein Sohn wiederkam, winkte er ihn zu sich heran.

»Kommst du mal kurz her, mein Junge?«, fragte er und warf mir dabei einen kurzen Blick zu. Ich wusste nicht, warum er mich ansah, aber so schnell wie Oliver den Blick abwandte, schien es unbeabsichtigt gewesen zu sein. Ich beobachtete, wie Jason und er ins Nebenzimmer gingen, und wandte mich dann Elena zu. Zehn Minuten später gesellten sich die Männer wieder dazu, doch etwas schien an Jason anders zu sein.

Er riss den restlichen Abend zwar weiterhin Witze, aber er schien es nur halbherzig zu tun und mit den Gedanken größtenteils woanders zu sein. Hin und wieder sah ich auch, wie sich sein Gesicht anspannte, was mich stutzig machte. Ich konnte es kaum erwarten, ihn nach der Ursache zu fragen, doch ich bekam keine Gelegenheit dazu, weil seine Eltern die ganze Zeit mit uns im Wohnzimmer saßen. Als wir uns zwei Stunden später verabschiedeten und in seinem Wagen saßen, fragte ich: »Alles in Ordnung?«

»Ja, klar, alles ist bestens«, antwortete er unbeschwert.

Ich musterte Jason und konnte nicht feststellen, ob er mir etwas vormachte oder nicht, deshalb sagte ich:

»Dein Vater kann mich nicht ausstehen oder?« Jason startete den Motor und runzelte bei meinen Worten die Stirn.

»Doch natürlich, er muss sich nur an dich gewöhnen«, wehrte er sofort ab.

»War er immer so zu deinen Freundinnen?«, erkundigte ich mich.

»Ich glaube, genau da liegt das Problem. Es ist erst einmal vorgekommen, dass ich eine Freundin mit nach Hause gebracht habe. Damals war ich 16, und eben dieses Mädchen hat mir das Herz gebrochen. Seitdem habe ich nie wieder eins mitgenommen, es kann also sein, dass seine Skepsis daher rührt.

Außerdem scheint er es dir nachzutragen, dass du mich in den Knast gebracht hast«, sagte er mit einem schiefen Lächeln. Ich sah ihn argwöhnisch an. Na, wenn er das lustig fand?!

»Was habt ihr vorhin so lange getrieben?«, wollte ich wissen, denn diese Frage lag mir schon länger auf der Zunge.

»Gar nichts, wir haben uns unterhalten.« Zweifelnd betrachtete ich ihn von der Seite.

»Und das soll ich dir glauben? Was gab es denn zehn Minuten lang zu besprechen?«

»Es ging nicht um dich, falls du das wissen willst. Vater-Sohn-Gespräche eben«, sagte er knapp und schaute weiterhin auf die Straße.

Ich konnte deutlich hören, wie seine Stimme abkühlte, und sah schnaubend aus dem Fenster. Wenn er es mir nicht sagen wollte, bitte, ich konnte ihn ja nicht zwingen.

Kapitel 4

Am nächsten Tag beglückte uns der Himmel wieder mit Regen, und während Vicky und ich über den Campus eilten, hielt ich mir die Schultasche über den Kopf, damit meine Haare nicht nass wurden. Nicht, dass ich eitel war oder kein Wasser vertragen konnte, aber sobald meine Haare damit in Berührung kamen, wurden sie strohig und verwandelten sich in widerspenstiges Gestrüpp.

Und da ich nicht erpicht darauf war, sie zuhause wieder zu entknoten, versuchte ich, den größten Schaden zu verhindern. Wir hatten es geschafft und das Gebäude erreicht, als ich eine kleine Gruppe in der Raucherecke stehen sah und darunter Taylor entdeckte. Vicky war er ebenfalls aufgefallen, denn als wir an ihnen vorbeiliefen, zog sie an meinem Ärmel und flüsterte:

»Seit wann hängt er denn wieder mit dieser Kate ab?« Ratlos zuckte ich die Schultern. Wenn ich mich recht erinnerte, hatte er nie wieder etwas mit seiner drogensüchtigen und instabilen Ex-freundin zu tun haben wollen, doch hier standen sie, lachend und rauchend. Ich winkte ihm im Vorbeigehen zu, traute mich aber nicht, zu ihm zu gehen, denn Kate stand direkt daneben und musterte mich mit tödlichen Blicken. Auch Taylor beließ es nur bei einer kurzen Geste, wobei ich den Eindruck hatte, dass er noch nicht ganz wach war.

Zumindest ließen die dunklen Ringe unter seinen Augen darauf schließen. Gott, sie waren doch nicht wieder zusammen, oder? Nicht, dass mich das etwas anging, aber nach dem zu urteilen, was er mir damals über sie erzählt hatte, war sie nicht gerade der beste Umgang.

Wir betraten das Schulgebäude und begegneten Lynn und ihrem Freund Bryan.

»Ich hasse Regen!«, meckerte sie und schüttelte ihre langen Haare aus, als wäre sie ein nasser Hund. Ich hatte Asiaten schon immer für ihr seidig schwarzes Haar beneidet, und Lynn besaß ganz außergewöhnliche Haare. Es war immer wieder lustig, die zierliche, kleine Lynn neben ihrem großen, bulligen Freund stehen zu sehen, vor allem, wenn sie ihm Anweisungen gab und er sich trollte, diese zu befolgen. Der Klassiker war jedoch, wenn sie ihm androhte, nicht mehr zu kochen, denn Lynn, dessen Vater ein angesehenes Restaurant führte, war mit Abstand die beste Köchin, die ich je getroffen hatte. Kennt jemand den Film *Einfach unwiderstehlich* mit Sarah Michelle Gellar? Genauso erging es einem, wenn man Lynns Gerichte probierte – man schmolz vor Wonne dahin. Da sie zwei Semester über mir waren, trennten sich unsere Wege hier, und ich marschierte in die andere Richtung.

»Wir sehen uns heute Nachmittag, vielleicht bringe ich Lynn mit«, rief Vicky über die Schulter und zog mit ihren Freunden davon.

Ich betrat meinen Saal, rutschte auf meinen Platz und ließ die äußerst *spannende* Lesung über mich ergehen.

***

Die nächsten zwei Wochen schlichen nur so dahin, was einerseits am öden Wetter lag, anderseits am Unterrichtsstoff, der allmählich so zäh wurde wie Gummi. Ich hatte Glück, dass mein Freund so ein

Genie war, und so half Jason mir, wann immer er Zeit dafür fand. Oft sahen wir uns allerdings nicht, denn unsere Lesungen fanden zu den unmöglichsten Zeiten statt, sodass wir meistens getrennt zur Uni fuhren. Auch auf der Arbeit wurde ich gefordert, denn es hatte mal wieder eine Mitarbeiterin gekündigt, und da ich Juliettes zuverlässigste Arbeitskraft war, musste ich erneut dran glauben.

Ich verstand nicht, was meine Kolleginnen hatten. Die Arbeit war nicht schwer, die Zeiten human und die Bezahlung war auch fair – sogar Überstunden wurden gut bezahlt! So auch meine Extraschichten diese Woche, dennoch ich hätte viel lieber Zeit mit Jason verbracht oder mal wieder etwas mit den anderen unternommen. Nach den zwei Wochen, so versprach meine Chefin, würde aber wieder Normalität in meine Schichten einkehren – na, hofften wir es! Mir fiel auf, dass sich Taylor immer seltener in der Uni blicken ließ, und auch auf dem Platz, auf dem sein Footballteam regelmäßig trainierte, war er kaum noch zu sehen. Als ich an einem milden Tag am Platz vorbei kam – der Regen war seltenem Sonnenschein gewichen, wobei die Temperaturen aber weiterhin kühl blieben -, hörte ich Michaels laute und aufgebrachte Stimme:

»Taylor hat jetzt zum dritten Mal das Training geschwänzt. Ich schwöre euch, wenn er nicht bald hier antanzt, bringe ich diesen Kerl um!« Aha, das war ja interessant. Ich lehnte mich mit dem Rücken zum Zaun und tat, als müsste ich etwas aus meinem Rucksack holen, um das Gespräch weiter verfolgen zu können.

»Was ist nur mit ihm los, Mann? Wie kann er uns nur so im Stich lassen?«, hörte ich eine andere Stimme fragen.

»Keine Ahnung, hat wohl mit seiner Freundin Kate zu tun. Dass sich dieser Idiot überhaupt wieder auf sie einlässt, ich hätte ihn für klüger gehalten«, sagte ein anderer. Oh, bitte nicht, so dämlich konnte er doch nicht sein! Als das Gespräch nicht fortgeführt wurde, wollte ich weitergehen, doch da erklang eine mir bekannte Stimme.

»Hey!«, rief Michael, sodass ich zusammenzuckte und mich ertappt fühlte. Ich stöhnte innerlich auf und drehte mich widerwillig zu ihm um.

»Genau dich wollte ich sehen«, sagte er und kam zum Zaun gelaufen.

Mich?
»Hey«, rief ich und wartete, bis er zu mir aufgeschlossen hatte.
»Du bist doch Taylors Exfreundin, kannst du nicht mal mit ihm reden?«, fragte er. Michael war eine beeindruckende Erscheinung. Unter seiner dunklen Haut spannten sich enorme Muskeln und mit seinen 1,98 Metern überragte er jeden Studenten auf der Uni – ein Prachtexemplar von einem Footballspieler, den man nur ungern in der gegnerischen Mannschaft sehen wollte. Ehrlich, ich hatte ihn schon spielen sehen und auf dem Feld war er wirklich angsteinflößend. Dass er mich nun um Hilfe bat, fand ich daher umso eigenartiger.
»Ich weiß nicht, ob das was bringen wird. Wenn er schon die letzten Spiele versäumt hat, wird er wohl einen guten Grund dafür haben«, ruderte ich zurück.
»Du weißt davon?«, fragte er verwundert. Ups.
»Äh, nein, ich habe euer Gespräch nur eben zufällig mitgehört«, gab ich kleinlaut zu. Er nickte und wirkte mehr als angespannt, als er sich ans Kinn fasste.
»Er geht nicht an sein Handy, und jedes Mal wenn wir ihn darauf ansprechen,

winkt er ab. Ich dachte, als seine Exfreundin könntest du mal mit ihm reden.«

»Äh, ich weiß nicht …«

»Andernfalls müssen wir uns langsam nach einem anderen Quarterback umsehen. Die Saison geht nächsten Monat weiter, und wenn er sich nicht bald zusammenreißt, schmeißen wir ihn raus. Kannst du ihm das sagen?«, fragte er und klopfte mir auf die Schulter. Und wie schon einmal hatte ich das Gefühl, von seiner schieren Kraft in den Erdboden gerammt zu werden. Er ging wieder zu seinen Jungs zurück, und ich setzte meinen Weg fort. Gott, was war nur mit Taylor los? Was war geschehen, dass er sich so hängen ließ und wieder mit dieser Kate zusammen war?

Als ich ihn kennengelernt hatte, war er ein Musterschüler, leidenschaftlicher Spieler und überall beliebt gewesen.

Jetzt schwänzte er die Trainingsstunden und verkehrte wieder mit Kate, die mich, nebenbei bemerkt, bedroht hatte, weil ich ihn ihr angeblich weggenommen hatte. Ich gebe zu, nachdem wir uns getrennt hatten, hatten wir nicht mehr sehr viel miteinander kommuniziert. Wir hatten uns hin und wieder in der Uni gesehen oder waren auf Partys übereinander gestolpert, aber ausreichend Konversation hatte nicht stattgefunden. Das war traurig, denn bevor wir es miteinander versucht hatten, hatten wir uns super verstanden. Er hatte mich oft nach Hause begleitet und mir sogar kostenlose Fitnessstunden angeboten, aber seitdem er Jason Platz gemacht hat, verhielt er sich sehr zurückhaltend.

Zum ersten Mal fragte ich mich, ob ihn unsere Trennung vielleicht mehr mitgenommen hatte, als er sich anmerken ließ. Ich hatte gedacht, dass er es locker nähme, immerhin waren wir ja auch nicht lange zusammen gewesen, aber je mehr ich jetzt darüber nachdachte, desto distanzierter war er mit der Zeit geworden. Und war man nicht nur dann distanziert, wenn es einen mitnahm? Andernfalls wären wir nach unserer Trennung doch super miteinander klargekommen. Gott, er war doch nicht etwa meinetwegen so abgerutscht, oder? Ich war so im Liebesrausch gewesen, dass ich keinen weiteren Gedanken an Taylor verschwendet hatte. Warum auch? Er hatte mir versichert, dass alles in Ordnung sei. Aber wenn er auch nur ansatzweise so gut schauspielern konnte wie Jason, dann war ganz und gar nichts in Ordnung.

Ich sah auf die Uhr. Meine Schicht würde erst in zwei Stunden beginnen und ich war mit dem Auto unterwegs, ich konnte also vorher bei ihm vorbeifahren. Kurz entschlossen sprang ich in meinen Volvo und simste Vicky, dass sie ohne mich zu Mittag essen sollte und ich nach der Arbeit direkt zu Jason fahren würde, dann startete ich den Motor.

***

Ich war noch nie bei Taylor gewesen, wusste aber, dass seine Eltern Geld besaßen – bei wem war das hier eigentlich nicht der Fall? Er hatte eine Schwester mit einem schwachen Immunsystem, die oft krank war und um die er sich kümmerte, und er arbeitete nebenbei als Fitnesstrainer. Dazu noch die Uni zu bewältigen und Football zu spielen, war sicher nicht einfach. Aber genau deshalb brauchte er jetzt eine Freundin, die ihn unterstützte, und keine drogenabhängige Frau mit Aggressionsproblemen.

Ich hätte diese Freundin sein können, doch er hatte ziemlich schnell gemerkt, dass ich ihn im Grunde genommen gar nicht wollte. Ich hatte es versucht, wirklich, doch mir war klar geworden, dass man gewisse Gefühle nicht erzwingen konnte – oder besser gesagt, *ihm* war es klar geworden, noch bevor ich selbst darauf gekommen war. Nun sah ich es als meine Plicht an, ihm zu helfen. Das war das Mindeste, das ich für ihn tun konnte. Taylor wohnte in einer schicken Gegend, in der sich ansehnliche Häuser mit kleinen Vorgärten aneinanderreihten.

Sein Haus war das letzte in der Straße, und als ich seinen gelben Geländewagen in der Einfahrt erblickte, wusste ich, dass ich zumindest nicht umsonst gekommen war – jetzt musste ich ihn nur noch zur Vernunft bringen! Ich stieg aus, klingelte zwei Mal und trat dann zurück. Es dauerte eine ganze Weile, bis ich hinter der Tür Schritte vernahm, doch schließlich wurde sie geöffnet. Es war allerdings nicht Taylor, wie erwartet, sondern ein kleines, blondes Mädchen.

Sie war sehr hübsch, eigentlich, aber ihre Wangen waren eingefallen und ihr Gesicht wies eine ungesunde, gräuliche Hautfarbe auf. Das musste seine kleine Schwester sein, und ganz offensichtlich war sie wieder einmal krank. Das arme Ding.

»Hi, ich bin Claire, eine Freundin von Taylor. Ist er da?«, fragte ich und beugte mich ein Stück zu ihr runter. Ich schätzte sie auf zehn Jahre, vielleicht elf. Sie war Taylor wie aus dem Gesicht geschnitten, nur weicher und sanfter, und mit ihren langen, blonden Haaren und dem zierlichen Körper sah sie einfach nur entzückend aus. So ein zartes Wesen und trotzdem so hart im Nehmen.

»Kate sagt, ich darf keine anderen Frauen reinlassen. Sie sagt, Taylor hat nur eine Freundin«, erklärte sie, und an ihrem Ton hörte ich heraus, wie wenig sie von Kate hielt. Ihre Stimme war sanft und angenehm und erinnerte an leises Glockenspiel, doch was ich da hörte, ließ mich einen Moment sprachlos sein. Sie hatte der Kleinen wirklich verboten, andere Frauen hereinzulassen? Oh Mann, ich würde ihm diese Verrückte aber so was von aus dem Hirn prügeln, so viel stand fest!

»Bei mir macht sie bestimmt eine Ausnahme, wir sind nämlich beste Freundinnen«, behauptete ich und schenkte ihr ein warmes Lächeln. Schwer krank oder nicht, aber sie war zumindest nicht blauäugig, denn ihr Gesichtsausdruck machte deutlich, dass sie ganz stark an meiner Aussage zweifelte. Vielleicht konnte sie sich aber auch einfach nicht vorstellen, dass überhaupt jemand mit Kate befreundet sein wollte, da wäre sie zumindest nicht die Einzige. Sie trat dennoch beiseite und deutete auf die Treppe zu ihrer Linken.

»Er ist in seinem Zimmer.«

»Danke«, sagte ich, und als ich die unterste Stufe der Treppe betreten hatte, drehte ich mich noch einmal zu ihr um:

»Wie heißt du eigentlich?«

»Sophia.« Ich lächelte.

»Ein sehr schöner Name.« Dann lief ich die Treppe hinauf. Schon im Flur bemerkte ich einen altbekannten süßlichen Geruch, und als ich Taylors Zimmer ohne Vorwarnung betrat, wurde mein Verdacht bestätigt.

»Ist das dein Ernst?«, fragte ich säuerlich und starrte auf ihn herab. Er lag mit dem Rücken auf seinem Bett, starrte zur Decke und zog gerade an einem Joint. Obwohl die Fenster sperrweit offen standen, war das Zimmer von dichtem und übel riechendem Rauch erfüllt und zu allem Überfluss war Taylor nur mit Boxershorts bekleidet. Er verschluckte sich an dem Qualm und richtete sich kerzengerade auf.

»Scheiße, was machst du denn hier?«, fragte er und wedelte den Rauch fort – natürlich vergebens.

»Was ich hier tue? Was machst du hier, Taylor? Du liegst kiffend in deinem Bett, während deine schwer kranke Schwester im Haus herumläuft. Geht's noch?!« Er richtete sich zu seiner vollen Größe auf, wobei er mich um einige Zentimeter überragte und lief zum Fenster, um den Joint in einem Aschenbecher auszudrücken. Dann schaltete er den Deckenventilator an, der mir bisher nicht aufgefallen war, und der Qualm verzog sich allmählich. Taylor sah nicht gut aus oder eigentlich schon, denn er hatte einen hammermäßigen Körper, doch jetzt, da ich bessere Sicht hatte, bemerkte ich wieder die Schatten unter seinen Augen und den müden Blick. Sein Anblick ließ die Wut nur noch mehr in mir hochkochen. Ohne auf meine anklagenden Worte einzugehen, fragte er:

»Willst du irgendetwas Bestimmtes?« Ich lachte freudlos.

»Oh, allerdings. Ich will dich zur Vernunft bringen und vor allem will ich wissen, warum zum Teufel du dich wieder mit Kate einlässt und seit wann du kiffst?« Er verschränkte die Arme vor der Brust, wodurch sich seine ohnehin vortrefflichen Muskeln nur noch mehr spannten. Als Footballspieler hatte Taylor natürlich ordentlich Muskelmasse auf den Rippen, nicht so viel, dass er wuchtig wirkte, aber man sah ihm an, dass er regelmäßig Sport trieb – zumindest hatte er das bis vor Kurzem noch getan!

»Entschuldige, aber bist du jetzt meine Mutter? Mit wem ich verkehre, geht dich überhaupt nichts an, und wenn ich mich recht erinnere, zieht dein Freund selbst hin und wieder einen durch, also was soll der Aufstand?«

Das war doch wohl unglaublich.

»Was der Aufstand soll?«, fragte ich ungläubig und trat einen Schritt auf ihn zu. »Du schwänzt deine Trainingsstunden, Taylor, und mit Verlaub, aber du siehst echt scheiße aus. Hast du dich in letzter Zeit mal im Spiegel betrachtet? Ein wandelnder Zombie sieht lebendiger aus. Was ist nur los mit dir?«

»Was soll sein? Ich hab im Moment keine Zeit zum Trainieren«, sagte er schulterzuckend und lehnte sich gegen seinen Schrank. Gott, ich erkannte ihn kaum wieder.

»Also noch mal, was willst du hier und was geht dich das Ganze überhaupt an?«

»Michael hat mich geschickt, weil er und deine Teamkollegen schon so verzweifelt sind, dass sie mich um Hilfe bitten. Ich soll dir sagen, dass sie sich nach einem anderen Quarterback umsehen, wenn du dich nicht bald bei ihnen meldest.«

»Danke für die Info, noch was?«, fragte er und betrachtete mich ungerührt. Ich starrte ihn bestimmt geschlagene zehn Sekunden an, fassungslos über so viel Gleichgültigkeit. Als ich meine Sprache wiedergefunden hatte, fragte ich:

»Muss ich dich daran erinnern, dass dein Stipendium mit dem Sport verbunden ist und du fliegst, wenn du nicht weiterspielst?«

»Das ist mir durchaus bewusst, danke«, erwiderte er und fuhr sich müde durchs Haar.

»Und du willst trotzdem nicht weiterspielen?«, hakte ich nach. Konnte ja sein, dass mich das passive Einatmen der

Rauchschwaden schon halluzinieren ließ, denn anders konnte ich mir seine Antwort nicht erklären.

»Doch, ich werde spielen, ich habe im Moment bloß viel um die Ohren«, sagte er und wirkte mit einem Mal sehr erschöpft. Er ging wieder zum Bett zurück und ließ sich darauf fallen.

»Taylor, deine Mannschaft macht sich Sorgen um dich und ich ebenfalls. So kenne ich dich ja gar nicht.« Er sah zu mir auf und seine strahlend blauen Augen musterten mich bitter. Ich hatte ganz vergessen, wie faszinierend sie waren.

»Auf einmal interessierst du dich also wieder für mich, ja? Ich hatte gedacht, ich wäre für dich gestorben.« Ich runzelte die Stirn.

»Was? Wie kommst du denn darauf?«

»Na, seitdem du mit Jason zusammen bist, redest du kein Wort mehr mit mir, schlimmer noch, du gehst mir aus dem Weg.«

»Das stimmt doch gar nicht, ich … dachte, du brauchst vielleicht erst einmal Abstand«, sagte ich wahrheitsgemäß. Natürlich war es mir unangenehm, dass ich mit Taylor zusammen gewesen war, ohne wirklich Gefühle für ihn zu haben, deshalb hatte ich ihn mit meiner Beziehung zu Jason nicht belästigen und ihm erst einmal Zeit geben wollen, sich daran zu gewöhnen. Ich war ihm aber nie absichtlich aus dem Weg gegangen, sondern hatte gedacht, dass er es so wollte.

»Weil du dachtest, ich kann es nicht ertragen, dich und Jason zu sehen? Nun, Claire, da hast du recht, ich konnte es wirklich nicht ertragen«, sagte er und stand auf. Als er entschlossen auf mich zukam, wich ich erschrocken zurück. Was hatte er vor?

»Tag für Tag musste ich mir mit ansehen, wie ihr verliebt durch die Gegend lauft und dann hast du nicht einmal mehr mit mir gesprochen. Als hättest du mich wie einen alten Schuh ausgewechselt, der es nicht einmal Wert ist, dass man ihn noch eines Blickes würdigt«, sagte er mit finsterer Miene.

»Was?«, wollte ich verwirrt wissen.

»Was meinst du damit?« Ich stieß gegen die Wand, Taylor folgte mir, und nur meine ausgestreckten Hände hinderten ihn daran, sich der Länge nach an mich zu pressen. In seinem leicht bekleideten Zustand wollte ich das nur ungern. Seine Haut war heiß, glühte fast, als hätte er

Fieber, und die Bauchmuskeln, die sich unter meinen Handflächen bewegten, kamen mir mit einem Mal sehr bedrohlich vor. Sie machten mir deutlich, dass ich gegen Taylor keine Chance hätte und ich ihm im Grunde hilflos ausgeliefert wäre. Das war nicht der Taylor, den ich kannte. Der alte Taylor hätte mich niemals so bedrängt, egal, wie wütend er auf mich war.

»Das bedeutet, dass ich gelogen habe, Claire. Ich habe Jason Platz gemacht und dir gesagt, dass es okay für mich ist, aber das stimmte nicht.« Als er seine Hand hob und mir eine Strähne hinters Ohr schob, wollte ich ihn wegdrücken, doch er war mir so nahe gekommen, dass ich seinen Atem im Gesicht spüren konnte.

»Hör auf damit, Taylor, du bist high«, sagte ich und schaffte es tatsächlich, ihn einige Zentimeter auf Abstand zu bringen. Er lachte bitter.

»Stimmt, das bin ich, und genau dieses Zeug hat mir dabei geholfen, über dich hinwegzukommen.« Er lief wieder zum Fenster und nahm den Joint in die Hand. Ich löste mich von der Wand.

»Gott, Taylor, das tut mir so leid. Ich wusste nicht …«

»Konntest du auch nicht«, fiel er mir sofort ins Wort.

»Ich bin selbst schuld, ich habe dich viel zu schnell aufgegeben, aber das ist jetzt sowieso egal. Ich bin über dich hinweg, alles ist in Ordnung.« So sah es aber nicht aus, und dass er über mich hinweg war, glaubte ich ihm auch nicht. Gott, wäre ich nicht so blind vor Glück gewesen und hätte ich nur einmal die rosarote Brille abgenommen, hätte ich gesehen, dass es Taylor nicht gutging.

Ich machte mir Vorwürfe, und als ich an die Male dachte, die ich mit Jason zusammen auf Partys aufgetaucht war, während Taylor uns womöglich neidisch beobachtet hatte, wurde mir ganz schlecht.

Ich fühlte mich wie eine dieser High-School-Tussen, welche die Jungs reihenweise abschleppten und dann wegwarfen, dabei hatte ich das gar nicht gewollt. Ich hatte Taylor beim Wort genommen, hatte angenommen, dass er damit klarkam, aber wenn ich jetzt so darüber nachdachte, hatte ich mir das wahrscheinlich nur eingeredet. Es tat mir furchtbar leid.

»Wenn alles in Ordnung ist, warum schwänzt du dann die Trainingsstunden?«, fragte ich und sah dabei zu, wie er den Stoff inhalierte – der Anblick machte mich traurig. Ich war nicht lange mit ihm zusammen gewesen, aber ich war mir ziemlich sicher, dass er damals noch nicht gekifft hatte. Er zuckte die Schultern und sah aus dem Fenster.

»Wie gesagt, ich habe im Moment viel um die Ohren. Das kannst du Michael ausrichten.« Er blickte weiterhin hinaus, um mir zu signalisieren, dass das Gespräch beendet war, doch so schnell gab ich nicht auf. Es war ein Schock, dass seine Gefühle doch noch so tief für mich waren, aber genau deshalb musste ich ihm helfen. Das war immerhin meine Schuld, also musste ich es auch wieder geradebiegen, und mit Kate würde ich anfangen.

»Ist das der Grund, warum du wieder mit Kate zusammen bist?«, fragte ich und kam näher. Er verzog das Gesicht.

»Mach dich nicht lächerlich, ich bin nicht mit ihr zusammen.«

Jetzt war ich überrascht. Nicht?

»Das scheint sie aber anders zu sehen. Weißt du, dass sie deiner Schwester verboten hat, andere Frauen ins Haus zu lassen? Mit der Begründung, dass sie deine feste Freundin ist?« Ungläubig schüttelte er den Kopf.

»Da hat Sophia sicher was falsch verstanden. Kate ist nur eine Freundin, die mir in schwierigen Zeiten geholfen hat.«
Ich wusste nicht, wie ich mich verhalten sollte, denn in meiner Gefühlsküche brodelte es gewaltig. Einerseits hatte ich ein unheimlich schlechtes Gewissen und wäre am liebsten vor Reue auf den Knien gerutscht, anderseits könnte ich ihn dafür schütteln, dass er sich so gehen ließ.

Ich meine, Taylor war doch nicht dumm. Er musste doch sehen, dass Kate seinen Kummer ausgenutzt hatte, um ihn mit ihren Drogen zu verseuchen und sich wieder an ihn heranzumachen. Es war ja allgemein bekannt, dass Männer manchmal etwas blind gegenüber der weiblichen Raffinesse waren, aber so blind?

»Also hat *sie* dich an das Zeug gebracht«, stellte ich fest und deutete missmutig auf den Joint in seiner Hand.
Er verdrehte die Augen, öffnete seinen Schrank und nahm eine schwarze Hose heraus, in die er hineinschlüpfte. *Schon viel besser*, dachte ich erleichtert.

»Ich bin durchaus in der Lage, den Konsum einzuschätzen, Claire, und wie gesagt, dein Freund raucht ebenfalls.«

»Ab und an und bestimmt keine drei Joints am Tag«, erwiderte ich und deutete auf den Haufen heruntergebrannter Stängel in seinem Aschenbecher. Dann fiel mein Blick auf die weißen Tabletten, die auf seinem Schreibtisch verteilt lagen.

»Sag mir, dass das Kopfschmerztabletten sind«, bat ich mit einem zweifelnden Blick auf die weißen Pillen. Taylor starrte mich an, als erwäge er, darauf zu antworten, dann sagte er nüchtern:

»Du solltest jetzt gehen.« Das war mir Antwort genug.

»Taylor, diese Frau zieht dich runter, merkst du das nicht?« Er deutete zur Tür.

»Ich brauche niemanden, der auf mich aufpasst, und wir sind nicht mehr zusammen, Claire, du kannst dir deine Predigt sparen.«

Doch ich blieb trotzig auf meinem Platz stehen und schüttelte den Kopf.

»Vergiss es, ich gehe erst, wenn du wieder zur Vernunft gekommen bist.«

»Claire«, warnte er. Wieder schüttelte ich den Kopf.

»Du wirst mich schon eigenhändig hinaustragen müssen.« Als er entschlossen auf mich zukam, setzte ich mich in Bewegung und lief aus dem Zimmer. Er meinte es wirklich ernst. Gott, was hatte dieses Miststück nur aus ihm gemacht?

»Ich weiß deine Sorge wirklich zu schätzen, aber sie ist vollkommen unbegründet. Mir geht's gut, und sag Michael, dass ich mich bald bei ihm melde«, sagte er versöhnlich, als wir das Untergeschoss erreicht hatten. So sauer er auch auf mich war, aber er wollte sich offenbar nicht im Streit von mir verabschieden.

»Gehst du schon?«, erklang Sophias Stimme hinter mir, bevor ich auf seine Worte reagieren konnte. Ich drehte mich mit einem gekünstelten Lächeln zu ihr um.

»Ja, ich wollte nur etwas abgeben.«

»Du bist viel netter als Kate. Kommst du bald wieder?«, fragte sie mit ihrer feenartigen Stimme. Ich schaute zu Taylor, der erst mich und dann seine Schwester betrachtete, ehe er sagte:

»Geh wieder ins Bett, Sophia, du sollst dich nicht überanstrengen.«

»Wir sehen uns bestimmt mal wieder«, meinte ich, Taylors bösen Blick ignorierend, und winkte ihr zum Abschied. Dann öffnete ich die Tür und trat hinaus.

»Oh, Scheiße«, murmelte ich, als ein rotes Auto quietschend zum Stehen kam und Kate heraussprang. *Die* kam mir jetzt aber wirklich ungelegen!

»Du kleines Miststück«, sagte sie und kam mit erhobenem Finger auf mich zu. »Habe ich dir nicht gesagt, du sollst dich von ihm fernhalten?«, rief sie. Ich wich zurück, bis ich an Taylor stieß, der sich schützend vor mich stellte.

»Ganz ruhig, Kate, sie wollte sich nur nach mir erkundigen.«

»Ach, tatsächlich?«, fragte sie mit einem zweifelnden Blick auf seinen nackten Oberkörper. Ein Glück nur, dass er sich eine Hose übergezogen hatte, sonst wäre sie mir wahrscheinlich an die Kehle gegangen. Entschlossen schob sie sich an ihm vorbei, und als sie sich vor mir aufbaute, sah ich, wie schlecht sie aussah. Ich wusste nicht, was für Drogen sie nahm, aber ihr hübsches Gesicht war gräulich verfärbt und ihre fiebrig glänzenden Augen wurden von dunklen Schatten umrahmt. Ich konnte einfach nicht begreifen, wie sich Taylor wieder mit ihr hatte einlassen können. Hätte er nicht Trost bei einem Freund suchen können?

»Bist du mit deinem jetzigen Freund etwa nicht ausgelastet oder fährst du gerne zweigleisig?«, fragte sie provokant.

»Oh bitte«, sagte ich und wollte an ihr vorbei, doch sie packte mich grob am Arm und riss mich wieder herum.

Fassungslos starrte ich sie an.

»Ich habe dir gesagt, dass du ihn in Ruhe lassen sollst, aber offenbar nimmst du mich überhaupt nicht ernst«, sagte sie mit schneidender Stimme.

»Lass mich los«, forderte ich ruhig, während Taylor sie schon nachhaltiger drängte. Offenbar hatte diese Frau ernste Aggressionsprobleme, und ich hatte keine große Lust, mich mit ihr zu prügeln.

»Hast du denn nicht schon genug Schaden angerichtet? Warum kannst du Taylor nicht einfach in Ruhe lassen?«, fragte sie, und den künstlichen Mitleidblick, den sie Taylor dabei zuwarf, konnte ihr nie im Leben jemand ernsthaft abkaufen.

»Wenn dir Taylors Wohl so sehr am Herzen liegt, dann frage ich mich, wie du es zulassen kannst, dass er seinen Sport vernachlässigt?

Er liebt das Football-spielen, und ich bin nur hier, weil mich seine Mannschaft darum gebeten hat.
Sie alle wissen, dass sein schlechtes Verhalten auf dich zurückzuführen ist.
Wenn du Taylor also wirklich magst, dann halte dich von ihm fern - du ziehst ihn nur unnötig runter«, spuckte ich ihr ins Gesicht. Taylors Hand schnellte hoch, bevor sie ihren Arm heben konnte.
Ich glaube, sie hätte mich sonst wirklich geschlagen.
»Geh jetzt, Claire, ich regle das«, beschwor er mich und gab mir einen kleinen Schubs, der mich die Treppe hinabbeförderte.
»Ich ziehe ihn also runter?«, rief Kate mir nach, als ich auf dem Weg zum Auto war. Vielleicht hatte ich gerade eine Grenze überschritten, denn ihr Blick war mordlustig auf mich gerichtet.
»Dich mache ich fertig, du Schlampe, hörst du? Dich mache ich fertig!«
Die Worte hallten noch in meinem Kopf nach, als ich auf der Arbeit war, und irgendwie wurde ich das Gefühl nicht los, dass ich sie nun vollends auf mich gehetzt hatte.

Sie war ein wild gewordener Stier, und ich hatte mich soeben mit roter Farbe übergossen und direkt ins Visier gestellt.

Dennoch ich hatte ihr einfach die Meinung sagen müssen - um Taylors Willen. Vielleicht wachte er ja nun endlich auf, und wenn er sie nach dem heutigen Tag in den Wind schoss, war es das Risiko wert.

Kapitel 5

Wie verabredet fuhr ich direkt zu Jason, um mit ihm ein paar kostbare Stunden zu verbringen, bevor ich morgen wieder arbeiten musste. Eine Ganztagsschicht von 10 bis 20 Uhr – jipiiii! Als ich den Wagen geparkt hatte, öffnete sich die Tür und Jason erwartete mich mit freiem Oberkörper und einer locker sitzenden Trainingshose. Ich warf die Tür zu und betrachtete seine hinreißende Erscheinung, dann ließ ich mich von ihm in die Arme ziehen.

»Weißt du, dass du zum Anbeißen aussiehst?«, sagte ich und hob mein Kinn, damit er mich küssen konnte. Seine Lippen waren warm, und seine Hände hinterließen brennende Spuren auf meinen nackten Schultern. Gott, ich liebte seine Wärme. Er kam gerade aus der Dusche, wie ich seinem frischen Duft entnahm, außerdem waren seine Haare noch feucht.

»Was für ein Zufall, das Gleiche habe ich auch gerade gedacht«, sagte und kickte die Tür hinter uns zu.

»Ich habe dich vermisst«, flüsterte er dann und zog mich in die Wohnung. Verlegen lachte ich und spürte das gewohnte Kribbeln im Bauch, wenn er mir so schöne Worte ins Ohr flüsterte.

»Wir haben uns doch erst gestern gesehen.«

»Das ist mir schon zu lange«, murmelte er und wollte mich wieder küssen, doch ich befreite mich aus seinem Griff.

»Warte, ich laufe den ganzen Tag in denkselben Sachen herum, ich muss mich erst frisch machen«, erklärte ich und schlüpfte aus meinen Straßenschuhen. Dabei sah ich aus dem Augenwinkel, wie er mich beobachtete, und als ich zu ihm aufschaute, sahen seine Augen irgendwie traurig aus.

»Alles in Ordnung?«, fragte ich und richtete mich wieder auf.

»Ja, klar, ich bin nur etwas erschöpft vom Trainieren«, sagte er und lächelte mich an. Ich beließ es dabei, wurde das mulmige Gefühl aber nicht los, dass er mir irgendetwas verheimlichte. Er war viel zu oft traurig und abgelenkt, das sollte so nicht sein! Als ich aus der Dusche kam, setzte ich mich in ein Handtuch gewickelt zu ihm aufs Bett. Er saß aufrecht, hatte ein Buch in der Hand und seine Lesebrille auf. Schmunzelnd beobachtete ich ihn dabei, wie er das Buch studierte. Ob ich mir jemals hätte vorstellen können, Jason mit einer Lesebrille zu sehen? Nein. Genauso wenig, wie ich geglaubt hatte, dass er sich aufrichtig für mich interessieren könnte. Lynn hatte damals recht gehabt. Von außen zeigte er sich stets von seiner lässigen Seite, aber wenn man ihm näher kam, erkannte man, was für ein wundervoller Mensch er war. Einfühlsam, verständnisvoll und ein leidenschaftlicher Liebhaber.

»Gibt es einen Grund dafür, warum du mich so anstarrst?«, fragte er und nahm seine Brille ab. Ich grinste.

»Ich habe nur gedacht, was für ein Glück ich habe, mit dir zusammen zu sein.«

Er klappte das Buch zu und legte es auf die Kommode, dann zog er mich zu sich heran.

»Falsch, ich bin derjenige, der Glück hat.«

Ich lächelte und kuschelte mich an seine warme Brust, dann fragte ich etwas, das mir schon seit Stunden durch den Kopf ging:

»Sag mal, wie viele Joints rauchst du so durchschnittlich?« Er lehnte sich ein Stück zurück, um mich anzusehen.

»Nicht viele, vielleicht einen im Monat.«

»Und das ist nicht gesundheitsschädlich, oder?«, hakte ich nach.

»Darüber lässt sich jetzt streiten, aber ich bin zumindest nicht abhängig. Warum, willst du etwa damit anfangen?«, fragte er belustigt, denn er wusste, wie schlecht ich dieses Zeug vertrug.

»Nein, ich hatte mich nur mit Vicky darüber unterhalten«, log ich und wusste nicht einmal, warum ich es tat. Wenn ich ihm den Grund erklärte, dann musste ich auch sagen, dass ich heute bei Taylor gewesen war und diese Irre über mich herfallen wollte, und aus irgendwelchen Gründen wollte ich das nicht.

»Und wie sieht es aus, wenn man Gras mit anderen Drogen vermischt … wie zum Beispiel Tabletten?« Da verdüsterte sich seine Miene plötzlich, doch bevor ich sie richtig deuten konnte, war sein Ausdruck wieder normal.

»Keine Ahnung, hab ich noch nie gemacht, aber eines ist sicher: Wirkstoffe zu kombinieren, kann sehr schnell gefährlich werden – wobei das bei Drogen allgemein natürlich auch gilt.«

»Kann es einen verändern?«

Wieder sah er mich durchdringend an.

»Claire, Schatz, willst du mir irgendetwas sagen?«
»Nein, ich bin nur neugierig. Sieh es als Recherche«, wehrte ich ab. Er hob die Schultern und sagte: »Wenn man viel konsumiert, verändert es einen auf jeden Fall. Manche werden ruhiger, andere aber auch aggressiv, lustlos oder emotional. Es kann alle möglichen Gefühle verstärken oder aber eindämmen. Die Auswirkungen sind unvorhersehbar.« Oh Mann, das klang gar nicht gut.
»Aha«, sagte ich beunruhigt und kuschelte mich fester an seinen Körper. Daran war nur die blöde Kate schuld!

***

Am nächsten Tag fuhr ich von Jason aus direkt zur Arbeit, um meine zehnstündige Schicht anzutreten. Juliette, meine Chefin, hatte wohl ein schlechtes Gewissen, denn als ich das Geschäft betrat, erwarteten mich frisch gebackener Kuchen und Kaffee im Hinterzimmer. Zumindest wusste sie meinen Einsatz zu schätzen. Ich würde die ganze Woche mit Arbeit verbringen und hatte mir deshalb, wie üblich, meinen Laptop mit all meinem Lernstoff mitgebracht, doch viel würde ich wohl nicht zum Lernen kommen, denn als ich die Pforten der Boutique öffnete, strömten auch schon die ersten Kunden herein. Konnten es nicht heiße 32 Grad sein? Dann würde sich wenigstens niemand hierher verirren und die Leute lieber am Strand liegen. Aber das kalte und nasse Wetter lud ja geradezu zum Shoppen ein. Oh Mann, ich hatte wirklich überhaupt keine Lust auf diese Woche, und es wurde im Verlauf der nächsten Tage auch leider nicht besser.

Die Stunden schlichen förmlich da hin, genau wie die Tage, und nicht einmal die Unmengen an Kunden, die täglich in die Boutique kamen, konnten mir über meine Lustlosigkeit hinweghelfen – im Gegenteil, sie schürten sie noch!

Vicky erinnerte mich ständig an meinen Geburtstag, der in zwei Tagen stattfinden würde, als ob ich das nicht selbst wüsste. Als ich ihr jedoch klarzumachen versuchte, dass ich keine große Party haben wollte, sondern lieber im kleinen Kreis feierte, stieß ich bei ihr auf taube Ohren. Die Verbindung war wohl gerade schlecht. Na klar! Seltsam nur, dass es bei den letzten beiden Geburtstagsgesprächen genau dasselbe gewesen war!

»Ich warne dich«, sagte ich mit gedämpfter Stimme, weil gerade eine Kundin an der Kasse vorbeilief.

»Wenn du eine Überraschungsparty planst, bringe ich dich um!«

»Oh, Claire, törn mich doch nicht so an. Du weißt ganz genau, dass ich jetzt nicht mehr anders kann«, schnurrte sie.

»Ich meine es ernst, es ist mein Geburtstag, und wenn du was planst, artet es immer in schweinische Sachen aus. Man erinnere sich nur an Jasons Geburtstag«, sagte ich vorwurfsvoll.

»Wenn ich mich recht erinnere, habt ihr euch dort das erste Mal geküsst. Es kann also nicht so schlimm gewesen sein«, sagte sie selbstgefällig.

»Es war trotzdem schweinisch, oder wer darf sich von einem wildfremden Mädchen einfach so einen Kuss holen?«, erwiderte ich. Ich konnte förmlich sehen, wie sie mit den Schultern zuckte, als sie sagte:

»Das ist nun mal Tradition, und dagegen kann ich mich nicht wehren.«

»Ja, ja«, sagte ich, weil ich einsah, dass die Diskussion zu nichts führte. Vicky machte sowieso, was sie wollte – tat sie immer.

»Ich muss jetzt Schluss machen, wir sehen uns übermorgen«, sagte ich und ließ das *Übermorgen* wie eine Drohung klingen. Ehrlich, diesmal würde ich ihr den Kopf abreißen! Und als hätten sie sich abgesprochen, rief mich kurze Zeit später meine Mom an und fragte mich, ob ich besondere Geburtstagswünsche hätte. Sie und Dad wären gern hergekommen, doch weil er sich den Knöchel angeknackst hatte, konnte er kein Auto fahren und hatte die ganze Zeit über unsägliche Schmerzen – er wäre hier also zu nichts zu gebrauchen.

Also verschoben wir unser Treffen auf unbestimmte Zeit – mal sehen, vielleicht fuhr ich ja zu ihnen und stellte Jason vor. Die Sympathie meiner Mom war ihm jedenfalls gesichert, denn wie alle anderen Frauen auch hatte er sie schon beim ersten Treffen um den Finger gewickelt. Ich glaube, er konnte wirklich nichts dafür. Neben meinem bevorstehenden Geburtstag gab es aber auch noch andere erfreuliche Ereignisse, denn am Mittwochabend holte mich Jason völlig ungeplant von der Arbeit ab und fuhr mich zu sich nach Hause.

»Was ist es denn für eine Überraschung? Los, raus mit der Sprache«, verlangte ich aufgeregt, denn für gewöhnlich dachte sich Jason immer ganz besondere Dinge für mich aus.

»Wirst du schon sehen ... wenn wir zuause sind«, sagte er augenzwinkernd, behielt den Blick aber auf die Straße gerichtet.

»Das ist echt gemein, weißt du das? Hättest du mir gar nicht davon erzählt, würde ich mich jetzt nicht fühlen, als hätte ich Hummeln im Hintern.«

Er lachte.

»Darum ging es ja, mein Schatz, ich will, dass du aufgeregt bist.«

»Das bin ich in deiner Nähe ohnehin«, gab ich zu und das, ich war stolz auf mich, ohne rot anzulaufen. Aber es war die Wahrheit. Auch jetzt, nachdem wir vier Monate zusammen waren, machte mein Herz kleine Sprünge, wenn ich Jason sah, und wenn er mich berührte, begann es zu stottern, nur um dann beschleunigt weiterzuschlagen. Als könnte mein Körper es nicht glauben, dass diese gottgleiche Kreatur sich für mich interessierte. Doch ich machte ihm keinen Vorwurf, ich wunderte mich jedes Mal darüber.

»Einen kleinen Tipp?«, bat ich unschuldig, woraufhin er breit grinste. Er überlegte kurz, dann sagte er:

»Gut, wir sind sowieso gleich da. Es ist dein vorverlegtes Geburtstagsgeschenk.«

»Wirklich? Aber ich habe erst übermorgen Geburtstag«, wunderte ich mich.

Entschuldigend zuckte er die Schultern.

»Ich weiß, aber ich hatte nur bis gestern Zeit, mich zu entscheiden, sonst wäre es weg gewesen, und es wird schwierig sein, es noch länger vor dir zu verstecken, jetzt da deine Ganztagsschichten fast vorüber sind.«

Oh Mann, jetzt war ich aber neugierig.

»Und das soll ein Tipp sein?«, fragte ich enttäuscht und wickelte mich in meine kuschelige Jacke ein. Er lachte wieder, und es klang wie sanftes Glockenspielen in meinen Ohren. Klingt kitschig, ich weiß, aber ich konnte nichts dafür.

Jason war wie ein Engel für mich, mein ganz persönlicher Engel. Er antwortete jedoch nicht, sondern folterte mich den Rest der Fahrt mit Schweigen – zumindest, was meine Fragerei betraf. Als wir dann endlich über seine kiesige Einfahrt fuhren, konnte ich es kaum erwarten, das Haus zu betreten.

»Bereit?«, fragte er, als wir an der Tür waren und er seinen Schlüssel hervorholte. Ich nickte wie ein aufgeregtes Kind, das vor den Pforten zu Disneyland steht … und ich war schon in Disneyland gewesen, ich konnte das also durchaus beurteilen!

»Soll ich die Augen schließen?«, fragte ich, als er das Schloss herumdrehte und die Tür öffnete.

»Nein, sieh dich einfach nur um«, sagte er, schaltete das Licht ein und schob mich ins Innere. Auf den ersten Blick sah ich nichts Ungewöhnliches. Weder stand im Eingang ein auffällig verpacktes Geschenk, noch fiel mir etwas an der Einrichtung auf – alles wie gehabt. Als ich mich fragend zu ihm umsah, lehnte er mit verschränkten Armen an der Tür und beobachtete mich amüsiert. Seinem Blick nach zu urteilen, war er sich absolut sicher, dass ich aus allen Wollen fallen würde, was mich noch hibbeliger machte. Musste er mich so auf die Folter spannen?

»Also, ich weiß ja nicht, was es sein soll, aber …«, meinte ich und stoppte dann, als ich etwas weißes Wolliges erblickte.

»Nein!«, sagte ich und näherte mich der Wohnzimmercouch, wo eingerollt in einer Decke ein weißes Kätzchen auf mich wartete. Ich schlich langsam heran, als könnte es mich beißen, und als ich unmittelbar davor stand, sah es mich aus verschlafenen Augen an. Sie waren azurblau, und das Fell sah so kuschelig aus, dass ich mich am liebsten sofort angeschmiegt hätte. Stattdessen streckte ich vorsichtig meine Hand aus und ließ es daran schnuppern. Das tat es, vorsichtig, dann miaute es einmal leise, und ich wusste, ich hatte mich ein zweites Mal verliebt.

»Wie findest du sie?«, fragte Jason, der plötzlich hinter mir stand und seine Arme um mich schlang. Ich drehte mich mit wässrigen Augen zu ihm um.

»Wunderschön, sie ist wunderschön«, sagte ich und wusste selbst nicht, warum mir so zum Heulen zumute war. Noch nie hatte mir jemand ein so schönes Geschenk gemacht. Ich meine, ich hatte eine Katze, etwas, das ich mir schon so lange gewünscht hatte.

»Aber das hättest du nicht tun müssen«, meinte ich und zog seinen Kopf zu mir heran, um ihn stürmisch zu küssen.

»Du hast gesagt, dass du dir schon immer eine weiße Katze gewünscht hast, ich konnte also gar nicht anders«, murmelte er an meine Lippen und nahm mich plötzlich schwungvoll auf die Arme. Überrascht schlang ich meine Beine um seine Hüften, damit ich nicht abrutschte.

»Was hast du vor?«, fragte ich lächelnd.

»Ich finde, ich habe eine Belohnung verdient«, erwiderte er und steuerte das Schlafzimmer an.

»Und das Kätzchen?«, wollte ich wissen und warf ihm noch einen Blick zu. Gott, es war zum Sterben niedlich.

»Wird schon noch eine halbe Stunde ohne uns auskommen.«

Ich lachte.

»Eine halbe Stunde nur?«

»Vielleicht auch eine«, antwortete er und öffnete die Schlafzimmertür.

Kapitel 6

Heute schien seit Langem mal wieder die Sonne und das in angenehmen Temperaturen, sodass sich Jason und ich nach der Uni zum Eis essen verabredeten. Er selbst blieb zuhause, um an seiner Hausarbeit zu schreiben, brachte mich morgens aber mit dem Auto zur Uni. Warum? Mein gebrechlicher Volvo brauchte mal wieder eine Gesundheitsspritze und befand sich in der Werkstatt, deshalb musste ich auf Vicky und Jason zurückgreifen.

Als ich aus der Bibliothek kam, in meinem Kopf drehte sich alles vor lauter Formeln und Fakten, machte sich mein Magen mit einem lauten Knurren bemerkbar. Jason wollte mich zwar genau hier treffen, aber da er noch nicht präsent war, konnte ich genauso gut in die Cafeteria gehen und meinen Hunger stillen. Ich reihte mich in die kurze Schlange ein und beobachtete die Studenten vor mir, die sich gierig auf die belegten Brötchen und warmen Würstchen stürzten – typisches Mensa-Essen eben.

Ich wollte mir ebenfalls ein belegtes Brötchen holen, doch das war eher die

Ausnahme. Normalerweise schmierte ich mir meine Stullen selbst, denn ich verstand einfach nicht, warum ich das Dreifache für etwas ausgeben sollte, das ich in fünf Minuten auch selbst vorbereiten konnte. Aber weil ich heute von Jason gekommen war, der morgens eher Rührei oder Cornflakes bevorzugte und Brot und Belag nur selten im Kühlschrank hatte, musste ich heute auf die Cafeteria zurückgreifen. Ich rückte weiter vor und ließ meinen Blick umherwandern, als ich Jason draußen auf der Wiese stehen sah, direkt vor der Mensa.

Dadurch, dass die Cafeteria ein einziger Glaskasten war, konnte ich deutlich erkennen, dass es sich bei dem hochgewachsenen Schwarzhaarigen um meinen Freund handelte, doch er war nicht allein. Ihm gegenüber stand eine junge Frau, die ich auf etwa achtzehn Jahre schätzte, vielleicht auch zwanzig. Sie hatte eine eher schmächtige Gestalt und strahlend blondes Haar, das zu einem Pferdeschwanz gebunden war.

Zuerst blieb ich in der Reihe stehen und beachtete sie nicht weiter, immerhin kannte Jason fast die halbe Uni und alle kannten ihn. Als herausragendes Genie war er nicht unbekannt, und so kam es immer wieder mal vor, dass ihn vermeintlich Fremde um Rat baten, zum Beispiel bei einer Hausarbeit oder zu einer schwierigen Formel. Und ja, es waren nicht selten hübsche Frauen darunter, sodass ich mich längst an den Anblick gewöhnt hatte. Das war am Anfang nicht so gewesen, und immer wenn ich griesgrämig die Lippen geschürzt hatte, etwa, wenn sich eine Studentin *unbeabsichtigt* in den viel zu tiefen Ausschnitt blicken ließ oder ihn länger als nötigt berührte, hatte er mir auch noch frech zugezwinkert, um meine Eifersucht noch ein bisschen zu schüren.

Zuhause hatte er mich dann davon überzeugen müssen, dass ich die Einzige für ihn war, und ich muss zugeben, er war jedes Mal sehr glaubwürdig gewesen. Als er das Mädchen nun aber grob am Arm packte und sie sich daraufhin zu befreien versuchte, löste ich mich aus der Schlange. Was zum Teufel sollte das? Warum belästigte er sie?

Bis ich mir einen Weg aus der gläsernen Mensa bahnen konnte, hatte Jason das Mädchen schon weggeschickt. Was er zu ihr gesagt hatte, konnte ich von drinnen natürlich nicht verstehen, aber seinem finsteren Blick nach zu urteilen, waren es keine freundlichen Worte gewesen.

»Was sollte das eben, wer war das?«, wollte ich wissen, als ich ihn endlich erreicht hatte.

Jason hatte mich bereits an der Tür gesehen, und sein Blick troff nur so vor Zorn.

»Niemand, sie hat mich belästigt«, antwortete er knapp und starrte ihr finster hinterher. Als hätte sie seine Worte gehört, drehte sich das Mädchen noch einmal zu uns um, doch sie war schon am Parkplatz und viel zu weit weg, um seine Worte zu verstehen.

»Was soll das heißen, belästigt? Könntest du bitte etwas genauer werden?«, fragte ich und sah zu ihm auf. Was könnte sie von ihm gewollt haben, dass er so wütend war?

Als er erkannte, dass ich nicht locker lassen würde, erklärte er:

»Sie wollte sich an mich ranmachen, mehr nicht.« Ich betrachtete ihn mit hoch gezogenen Augenbrauen, unsicher, ob er mich auf den Arm nehmen wollte.

»Ernsthaft? Und dann wirst du so handgreiflich? Du lässt dich doch sonst nicht aus der Ruhe bringen, schon gar nicht von jungen, hübschen Frauen«, sagte ich mit einem gewissen Unterton und blickte noch einmal zum Parkplatz – sie war verschwunden. Er fuhr sich mit der Hand durchs Haar und sagte die nächsten Worte von einem schweren Seufzen begleitet.

»Ich hatte einfach einen schlechten Tag, gehen wir was essen.« Damit legte er mir einen Arm um die Schultern und zog mich mit, aus dem Augenwinkel sah ich, wie er noch einen Blick zum Parkplatz warf. Als wir in seinem Auto saßen, fragte ich:

»Was ist denn heute Schlimmes passiert?«

Den zweiminütigen Weg zu seinem Wagen hatte er kein Wort gesprochen und war in angestrengtes Grübeln verfallen.

Auf meine Frage hin sah er mich einige Sekunden lang an, dann erklärte er:

»Ich hab mich mit Professor Selvig in die Haare bekommen. Er sagt, meine Gleichungen wären nicht korrekt.«

Ich warf ihm einen ungläubigen Blick zu.

»Professor Selvig ist dein Lieblings-Dozent, er liebt dich wie einen Sohn.«

Er zuckte die Schultern.

»Auch Vater und Sohn haben mal Meinungsverschiedenheiten. Keine Ahnung, vielleicht hatte er auch einen schlechten Tag«, überlegte er und startete den Motor. Das konnte ich mir zwar kaum vorstellen, aber wenn das der Grund war, musste ich mich damit wohl zufriedengeben. Ian Selvig war nämlich absolut vernarrt in Jason, naja, wie jeder andere Professor an der Uni auch - Superhirne waren einfach immer beliebt. Und für gewöhnlich hing er wie gebannt an seinen Lippen und andersherum genauso.

Die beiden schwebten auf derselben Wellenlänge und trafen sich sogar ab und an zum Mittagessen, um über die Uni zu reden, deshalb konnte ich mir nur schwer vorstellen, dass sie sich wegen einer Formel stritten. Doch vielleicht hatte er recht und Selvig hatte wirklich einen schlechten Tag gehabt.

Wir fuhren zu einem Fachmarkt, um alles nötige Zubehör für meine noch namenlose Katze zu kaufen. Sie würde nämlich bei mir einziehen, und da Vickys Wohnung alles andere als katzentauglich war, mussten wir mit der Grundausstattung anfangen. Meine Cousine hatte kein Problem mit meiner Katze, solange ich mich um die Verpflegung und Haltung kümmerte.

Als Jason und ich mit einem vollen Einkaufswagen an der Kasse standen, ahnte ich schon, dass mich der Einkauf mehr kosten würde, als ich mir leichten konnte, doch Jason regelte das ganz geschickt, indem er darauf beharrte, dass es zu meinem Geburtstagsgeschenk dazu gehörte.

Ja klar! Ich nahm mir vor, es ihm so schnell wie möglich zurückzuzahlen, denn es gab für mich nichts Schlimmeres, als mich von meinem Freund aushalten zu lassen. Andererseits war das Geschenk natürlich überraschend gekommen, und wenn ich davon gewusst hätte, hätte ich schon Monate im Voraus dafür gespart.

Nachdem wir aus dem Fachmarkt gekommen waren, fuhren wir noch beim Supermarkt vorbei und kauften Getränke und Süßigkeiten *en masse.*

Meine Geburtstagsfeier würde nämlich bei Vicky zuhause stattfinden und so wie ich mein Cousinchen kannte, würde die halbe Stadt antanzen.

Schon die ganze Woche über hatte sie mich mit Geschenkwünschen genervt, doch ich hatte alles, was ich brauchte, und wusste beim besten Willen nicht, was ich mir wünschen sollte. Also hatte ich geantwortet, dass ich eine Schüssel in den Eingang stellen würde und jeder Geld hineinlegen sollte. Damit konnte ich mehr anfangen als mit dutzenden Blumensträußen oder unnützem Dekozeug. Ich konnte damit zum Beispiel mein Auto aufwerten und ihm eine längere Lebenszeit verschaffen.

Schließlich fuhren wir zu mir und luden den Einkauf aus.

Als Jason den Kofferraum öffnete, um die Tüten herauszuholen, musterte ich ihn verstohlen. Schon den ganzen Tag über war er schweigsam und nachdenklich gewesen, überhaupt nicht bei mir. Ich hatte mir eingeredet, dass es daran lag, dass er sich mit Selvig gestritten hatte, aber das glaubte ich langsam nicht mehr. Ich kannte Jason, er war ein guter Schauspieler, und auch wenn es ihm mal nicht gutging, bemühte er sich um eine lässige Art.

Was auch immer ihm diesmal also zu schaffen machte, schien ernst zu sein, denn er schaffte es nicht, mich zu überzeugen. Es wurmte mich, dass es da etwas gab, dass ihm zu schaffen machte, aber noch mehr störte es mich, dass er mir nichts sagen wollte.

»Willst du deine Schuhe nicht ausziehen?«, fragte ich fünf Minuten später und hob mein Kätzchen auf das Sofa, wo ich es auf eine ausgebreitete Decke legte.

»Nein, ich glaube, ich gehe lieber nach Hause, mir geht's nicht so gut«, antwortete er und fuhr sich mit den Händen durchs Haar.

Ich sah auf. Ihm ging es nicht so gut?

»Du kannst trotzdem hier bleiben. Willst du eine Tablette? Du kannst dich hier aufs Sofa legen, und ich mache dir einen Entspannungstee«, schlug ich vor.

Bei dem Wort *Entspannungstee* lachte er, doch es wurde sofort wieder von einem gequälten Blick ersetzt.

»Danke für das Angebot, aber ich will mich einfach nur aufs Ohr legen«, sagte er, und als er meinen Gesichtsausdruck sah, fügte er hinzu:

»Ich weiß, dass ich dir heute den ganzen Tag zugesagt habe, aber mir geht es wirklich nicht gut. Tut mir leid, Schatz«, bedauerte er, kam zu mir und gab mir einen Kuss auf die Stirn, dann verließ er das Haus.

Ich blieb einen Moment sitzen, die Hand auf Kätzchens Kopf und fragte mich, was eben geschehen war, Hatte mich mein

Freund gerade wirklich mit meinen Geburtstagsvorbereitungen allein gelassen? Mit einer Ausrede, die mehr als unglaubwürdig war? Seitdem ich Jason kannte, hatte er noch nie, nie Kopfschmerzen oder gesundheitliche Probleme gehabt. Er war super in Form und ernährte sich so gesund, dass er so etwas wie Müdigkeitsanfälle und Unwohlsein überhaupt nicht kannte. Und wenn, hätte er eine Tablette eingeworfen und weitergemacht, aber dass er sich nun herausredete, passte ganz und gar nicht zu ihm, und es beunruhigte mich zutiefst.

»Okay, alles klar«, sagte ich zu mir selbst und blickte auf die Uhr.

»Dann mach ich das eben alleine.«

***

Eine Stunde später kam dann meine Rettung in Form von Vicky durch die Tür spaziert. Ihr Auto war ebenfalls mit Einkaufstüten beladen, und als ich sie darüber informierte, selbst schon eingekauft zu haben, ließ sie eine Schimpfsalve auf mich niederprasseln.

»Welchen Teil von *tu nichts, um den Einkauf und die Organisation kümmern wir uns* hast du eigentlich nicht verstanden? Du sollst weder Kuchen noch Getränke noch sonst irgendetwas kaufen, kapiert?«, meckerte sie. Ich schnappte mir zwei volle Tüten aus ihrem Wagen und half ihr beim Hineintragen.

»Ich kann doch nicht zulassen, dass ihr euch in Unkosten stürzt, während ich faul zuhause herumsitze. Außerdem sorgt das Geburtstagskind normalerweise für Kost und Logis«, verteidigte ich mich.

»Nicht, wenn *ich* plane. Die tiefgekühlten Torten kannst du übrigens wieder zurückgeben, Lynn und ihr Vater sorgen für das Büffet«, erklärte sie, als sie die Kuchen im Kühlschrank stehen sah.

»Ehrlich?«, fragte ich begeistert. Dann würde ich den ganzen Tag nichts essen, nur, um mir nachmittags dann den Magen vollzustopfen, denn egal, was Lynn und ihr Vater zauberten, es schmeckte einfach himmlisch. Vicky nickte mit geschürzten Lippen.

»Und eigentlich sollte das eine Überraschung sein, aber du musstest sie ja wieder verderben«, sagte sie und zeigte anklagend mit einer Tüte Chips auf mich. Ungerührt zuckte ich die Schultern. So oft, wie sie mir schon etwas versaut hatte, brauchte sie sich hier gar nicht so aufzuspielen! »Ich kann den Einkauf aber nicht mehr zurückgeben«, sagte ich schließlich und versuchte verzweifelt, noch eine freie Lücke im Kühlschrank zu finden – vergeblich, obwohl es ein Zweitürer war.

»Zu schade, dann muss ich wohl leider noch ein paar Leute *mehr* einladen«, sagte sie hämisch grinsend. »Verdient hättest du es!« Weil ich nicht wusste, ob sie die Drohung wahr machen würde, lächelte ich nur und enthielt mich eines Kommentares. Nachdem wir uns ein reichhaltiges Mittagessen gegönnt hatten, räumten wir die Bude auf, wobei Vicky die Fenster putzte und ich durchsaugte. Anschließend wischte ich den Boden und Vicky richtete einen Buffettisch her, auf den sie Pappbesteck, Becher und Pappteller stellte. Die Gäste würden morgen um 18 Uhr eintreffen, da Vicky und ich morgen aber eine wichtige Lesung hatten, mussten wir die Vorbereitungen schon heute treffen. Ohne Jason würden wir da aber wesentlich länger brauchen!

Kapitel 7

Die Vorbereitung hatten noch bis tief in die Nacht gedauert, und als ich heute Morgen aufgewacht war, hatte ich mich immer noch etwas ausgelaugt gefühlt. Als ich ins Wohnzimmer kam, warteten ein Schokokuchen und ein großes, eingepacktes Geschenk auf mich. Es war von Vicky.

»Kann ich das heute Abend aufmachen? Wir sind ziemlich spät dran«, sagte ich, nachdem ich mich bei meiner Cousine dafür bedankt hatte. Sie war noch genauso geschafft wie ich und wollte wohl ebenfalls so schnell wie möglich zur Uni. Je eher wir den Vormittag hinter uns brachten, desto schneller waren wir wieder zurück und konnten meinen Geburtstag feiern.

In der Uni lief ich allerhand Studenten aus meinem Jahrgang über den Weg, die mir gratulierten, und auch Professor Selvig schloss sich ihnen an.

»Hallo Claire, herzlichen Glückwunsch zum Geburtstag«, begrüßte er mich.

»Professor Selvig, vielen Dank«, gab ich zurück.

»Wann geht die Party los? Ich hoffe, Sie sind nicht den ganzen Tag in der Uni. Man wird als junge Frau ja nur einmal 23«, meinte er augenzwinkernd.

Ich war überrascht, dass Jason ihm von meinem Geburtstag erzählt hatte. »Nein, ich bin gerade fertig und fahre gleich nach Hause. Ich wusste gar nicht, dass Jason Ihnen davon erzählt hat. Heißt das, Sie haben Ihre kleine Meinungsverschiedenheit beigelegt?«, fragte ich geradeheraus. Ich wusste, dass ich kein Recht dazu hatte, so in Jasons Privatsphäre einzugreifen. Mit wem er sich zankte und mit wem nicht, ging mich nichts an, aber ich musste einfach wissen, ob er mich angelogen hatte. Musste wissen, ob meine Zweifel berechtigt waren, oder es zwischen ihm und seinem Dozenten wirklich kriselte. Er sah mich ratlos an und fragte:

»Was für eine Meinungsverschiedenheit?«

Mein Herz gefror zu Stein. Er hatte es schon wieder getan! Jason hatte mich erneut belogen. Ich schluckte schwer, weil sich mein Hals mit einem Mal ganz trocken anfühlte, dann erkundigte ich mich so beiläufig wie möglich:

»Waren Sie nicht der Professor, mit dem er sich neulich über eine Gleichung gezankt hat?« Er lachte über meine Wortwahl und antwortete:

»Na, das wüsste ich aber, wenn Jason und ich uns *gezankt* hätten. Wie kommt er denn darauf?« Schnell machte ich eine wegwerfende Handbewegung.

»Ach, dann habe ich Sie wohl verwechselt. Ich muss jetzt los, mein Geburtstag wartet«, sagte ich mit einem schwachen Lächeln und ging davon.

»Feiern Sie schön«, rief er mir hinterher, dann war ich auch schon um die Ecke getreten. Ich schloss die Augen und lehnte meinen Hinterkopf an die Wand, so verharrte ich einen Moment. War das denn zu fassen? Mein eigener Freund belog mich, und ich hatte keinen blassen Schimmer, warum er das tat.

Erst die Sache mit Will, dann verdrückte er sich wegen angeblichen Unwohlseins und jetzt Dr. Selvig. Was stimmte nur nicht mit ihm? Was verschwieg er mir? Als ich mich von der Wand abstieß und meinen Weg fortsetzte, hatte ich große Lust, Jason sofort zur Rede zu stellen, aber weil ich mir meinen Geburtstag nicht versauen wollte, verschob ich es auf morgen.

Mein Handy klingelte und als ich Taylors Nummer aufblinken sah, nahm ich verwundert ab.

»Herzlichen Glückwunsch zum Geburtstag«, trällerte er mir ins Ohr.

»Danke«, sagte ich überrascht und blieb stehen.

»Mit dir hatte ich ja gar nicht gerechnet.« Er druckste ein bisschen herum, dann sagte er:

»Tja, weißt du, ich wollte mich noch für neulich entschuldigen. Da hast du mich wohl auf dem falschen Fuß erwischt.« Es herrschte kurz Stille, und ich wartete gespannt auf seine nächsten Worte.

»Ich habe nachgedacht und finde, dass ich meine Zeit genug verschwendet habe.« Erleichtert atmete ich auf.

»Heißt das, du bist wieder da?«, fragte ich hoffnungsvoll, denn ich wollte Taylor nie wieder in einem so verwahrlosten Zustand sehen. Er lachte über meine Wortwahl.

»Ja, ich bin wieder da. Ich habe gestern mit Michael telefoniert. Morgen trainieren wir wieder auf dem Platz.« Ich nickte begeistert.

»Freut mich für dich, ehrlich.« Bevor er sich verabschiedete, lud ich ihn zu meinem Geburtstag ein, doch er sagte leider ab.

»Ich bin schon verabredet, sorry, aber das holen wir mal bei einem Eis nach, okay? Und ein Geschenk habe ich auch schon für dich«, sagte er verschwörerisch.

»Ich freu mich drauf und danke, dass du angerufen hast«, sagte ich und legte auf. Wenigstens gab es *diese* erfreuliche Sache in meinem Leben - was man von meinem unaufrichtigen Freund nicht behaupten konnte! Ich wollte weiter in Richtung Cafeteria laufen, wo Jason auf mich wartete, als ich in eine Tür lief, die sich plötzlich vor mir öffnete. Erschrocken ruderte ich zurück, als ich mit der Person zusammenstieß, die daraus geschossen kam.

Wir murmelten beide eine Entschuldigung und als ich aufblickte, wäre ich beinahe zurückgeschreckt.

Aus der *Herrentoilette,* wohl bemerkt, war niemand Geringeres gekommen als das mysteriöse blonde Mädchen, mit dem sich Jason gestern unterhalten hatte. Sie erkannte mich wohl auch wieder, denn ihre Augen waren überrascht geweitet, während wir einander fixierten.

Dann erwachte sie aus ihrer Starre und wollte sich an mir vorbeischieben, doch ich hielt sie zurück.

»Moment, du bist doch das Mädchen von gestern, oder? Woher kennst du Jason?«, wollte ich wissen, doch sie schüttelte ängstlich den Kopf.

»Du musst mich verwechseln, ich kenne keinen Jason«, sagte sie wenig überzeugend und wirkte gehetzt.

»Ich will nur wissen, worüber ihr gesprochen habt«, versuchte ich es noch einmal, denn Jason würde es mir nie und nimmer sagen, da war ich mir sicher.

Abschätzend musterte sie mich, als erwäge sie ernsthaft eine Antwort, und gerade, als sie den Mund aufmachen wollte, kam eine weitere Person aus der Herrentoilette geeilt.

»Warte, Rebecca, wir …«, rief Jason und verstummte ganz plötzlich. Seine Augen wurden groß, als er mich erkannte, dann fiel sein Blick auf meine Hand, die immer noch auf ihrem Arm lag. Wie in Zeitlupe ließ ich sie los, mein Blick weiterhin auf meinen Freund geheftet, der aussah, als müsste er sich jeden Moment übergeben. Ich drehte mich nicht mehr zu ihr um, auch nicht, als ich hörte, wie ihre Schritte verklangen - meine ganze Aufmerksamkeit galt meinem Freund.

Die Sekunden verstrichen, in denen niemand von uns etwas sagte, wir standen wohl beide zu sehr unter Schock, wenn auch aus verschiedenen Gründen. Doch dann fand ich endlich meine Sprache wieder.

»Ich hoffe, es gibt eine plausible Erklärung dafür, dass du gerade mit ihr aus der Herrentoilette kommst.« Obwohl ich mich um einen schneidenden Ton bemühte, wackelte meine Stimme.

»Die gibt es, wir sollten aber besser woanders weiterreden«, schlug er mit einem kurzen Rundblick vor. Ich sah mich ebenfalls um und registrierte die gaffenden Gesichter der Umstehenden. Einige waren sogar stehen geblieben, um unsere kleine Szene zu belauschen, und da ich mir nicht gern in die Privatsphäre schauen ließ, schon gar nicht bei einer Auseinandersetzung, folgte ich ihm stumm.

Draußen herrschte weniger Andrang, sodass wir nicht auf die Lautstärke achten mussten.

»Okay, Jason, keine Lügen mehr. Was ist hier los?«, fragte ich und blieb mit verschränkten Armen vor ihm stehen. Wir hatten uns so weit von der Uni entfernt, dass uns niemand mehr belauschen konnte und waren fast bei den Parkplätzen angelangt. Jason hatte also genug Zeit gehabt, sich seine Worte zurechtzulegen.

»Auf die Gefahr hin, dass du mir wahrscheinlich nicht glaubst, aber es ist weit harmloser, als es aussieht. Ich bin auf die Toilette gegangen. und als ich mich umgedreht habe, stand sie plötzlich vor mir. Sie muss mich verfolgt haben, und als sie sich an mich rangemacht wollte, habe ich sie mit einer barschen Antwort rausgejagt, das ist alles.« Er sah mich absolut aufrichtig an, sodass ich fast gewillt war, ihm zu glauben … hätte er mich nicht schon wegen Will und Dr. Selvig belogen. *So* glaubte ich ihm jedenfalls kein Wort.

»Du musst mich für ziemlich unterbelichtet halten, wenn du wirklich glaubst, dass ich darauf reinfalle«, sagte ich, bemüht, Ruhe zu bewahren. Vielleicht gab es ja eine plausible Erklärung für das alles, deswegen wollte ich nicht sofort die Beherrschung verlieren.

»Das tue ich nicht und das weißt du. Trotzdem kann ich dir nichts anderes sagen«, erklärte er.

»Weil du nicht willst oder nicht kannst?«, fragte ich säuerlich. Als er nicht antwortete, rieb ich mir die Schläfe – Kopfschmerzen kündigten sich an.

»Jason, ich habe gerade gesehen, wie du mit dieser Rebecca aus dem Herrenklo gekommen bist. Ich will verdammt noch mal wissen, was ihr gemacht habt.« Ich atmete tief durch. *Ganz ruhig bleiben!*

»Wir haben geredet«, sagte er knapp, wobei sich seine Augenbrauen zusammenschoben. Offenbar war ihm selbst bewusst, wie lahm das klang, weshalb er hinzufügte:

»Das ist die Wahrheit.«

»Oh, das ist also die Wahrheit, ja? Mein eigener Freund macht an meinem Geburtstag auf der Herrentoilette herum und verlangt, dass ich ihm glaube, wenn er mir sagt, dass er nur geredet hat? Das ist wirklich witzig«, giftete ich ihn an. Ich dachte, er würde nun endlich mit der Sprache herausrücken, doch auf meine Worte hin wagte er es doch tatsächlich zu schmunzeln!

»Spiel nicht die Eifersüchtige, Claire, wir wissen beide, dass du das nicht bist, und seien wir mal ehrlich: Würde ich wirklich auf der Herrentoilette mit jemandem rummachen, während du dich im selben Gebäude befindest?«

Okay, vielleicht war sein Spott gerechtfertigt, denn das glaubte ich wirklich nicht. Egal, wie sehr es danach aussah, aber das traute ich Jason wahrhaftig nicht zu. Dennoch verheimlichte er mir etwas, und es hatte ganz offensichtlich mit dieser Rebecca zu tun. Um ihn aus der Reserve zu locken, ließ ich ihn aber genau das denken – dass ich eifersüchtig war.

»Keine Ahnung, Jason, ich dachte immer, dass ich dich kenne, aber nachdem du mich in letzter Zeit so beharrlich belügst, traue ich dir mittlerweile alles zu.«

Er runzelte die Stirn.

»Wann habe ich dich denn jemals belogen?«

Ich lachte bitter, denn offenbar meinte er die Frage absolut ernst. Ich tat, als müsse ich darüber nachdenken.

»Mal überlegen, vielleicht als du mir sagtest, dass Will am Telefon ist, obwohl ich ihn doch zwei Tage später im Einkaufcenter getroffen habe und er mir erzählte, dass er dich schon seit Tagen nicht gesprochen hat. Hast du da etwa mit Rebecca telefoniert?« Vielleicht bildete ich es mir nur ein, aber es sah aus, als würde sein Gesicht einen Tick blasser werden. Doch ich war noch nicht fertig mit ihm.

»Oh, oder als du mir so dreist gesagt hast, dass du eine Meinungsverschiedenheit mit Professor Selvig hast, wo er mir doch eben erst versicherte, dass er nicht wüsste, wovon ich rede. Na, fällt es dir wieder ein? Ich habe eine Frage: Als du gestern sagtest, dass du dich unwohl fühlst, hast du da auch gelogen? Hast du dich vielleicht sogar mit ihr getroffen?«

Verärgert funkelte Jason mich an, sodass ich mich fragen musste, weswegen er so wütend war. War es, weil ich ihn damit konfrontierte oder, Gott bewahre, etwa ich die richtigen Schlüsse gezogen hatte?

»Hör auf mit dem Blödsinn, sie ist viel zu jung. Als ob ich mich an Kinder vergreifen würde und außerdem habe ich bereits eine Freundin, falls dir das entgangen ist.«

Ungläubig verzog ich das Gesicht.

»Tut mir leid, aber welche Schlüsse soll ich denn ziehen? Erst belügst du mich mit Will, dann mit deinem Lehrer und immer wieder sehe ich dich mit *ihr* zusammen - das klingt für mich eindeutig.«

Sein Blick wurde weicher.

»Claire, ich kenn sie von früher, das ist alles, mehr gibt es da nicht zu sagen.«

»Und woher? Wer ist sie?«, wollte ich wissen.
Er breitete versöhnlich die Hände aus.
»Ist das wirklich wichtig? Wir waren mal befreundet und haben uns nach langer Zeit wiedergesehen.«
»Und worüber habt ihr euch dann gestritten?«
»Über nichts Wichtiges, wir hatten eine Meinungsverschiedenheit, das ist alles«, sagte er und schaute mich aufrichtig an.
»Ach ja, richtig, weil sie dich angemacht hat«, sinnierte ich und begleitete meine Worte mit einem ungläubigen Schnauben. Er sah mich mit unbewegter Miene an, sodass ich nicht sagen konnte, was er im Moment dachte.
»Jason, kannst du mir nicht einfach erklären, wer sie ist?«, forderte ich mit verschränkten Armen. Seine letzte Chance.
»Wie oft soll ich das noch sagen: Sie ist *niemand.* Sie hat weder etwas mit mir noch mit uns beiden zu tun. Können wir das leidige Thema jetzt bitte lassen?« Als ich ihn stur betrachtete, seufzte er.
»Claire, ich schwöre dir, dass da absolut nichts Schlimmes vor sich geht, du musst mir glauben.« Das wollte ich ja, aber es gab so viele Indizien, die gegen ihn sprachen,

dass ich es einfach nicht konnte. Außerdem gab er sich nicht besonders viel Mühe, mir ihre ständigen Treffen zu erklären. Im Grunde genommen sagte er mir gar nichts, außer dass ich ihm vertrauen sollte.

»Komm schon, du hast heute Geburtsgag. Willst du dir das wirklich versauen?«, fragte er. Fassungslos starrte ich ihn an. Ich? Ich war diejenige, die hier etwas versaute?

»Weißt du was, sag Vicky, dass keine Party stattfinden wird. Ich gehe nach Hause«, sagte ich und lief ohne ein weiteres Wort davon.

»Du willst die ganze Party abblasen?«, rief er mir betreten hinterher. Und ob ich das tat! Weil mich Jason heute mit dem Auto hatte abholen wollen, hatte ich meines zuhause stehen lassen, und weil ich auch kein Geld für eine Fahrkarte bei mir hatte, musste ich zu Fuß gehen.

Zum Glück waren es nur zwanzig Minuten, doch das war genug Zeit, um hässliche Gedanken und Bilder in meinen Kopf zu pflanzen, die ich einfach nicht mehr loswurde. Was, wenn er mit ihr auf dem Klo gewesen war, um … vollkommen ausgeschlossen, dachte ich im nächsten Moment. Aber was, wenn doch? Wie viel wusste ich wirklich über Jason? Wir waren jetzt vier Monaten zusammen. Nicht unbedingt lange genug, um ihn wirklich beurteilen zu können. Was, wenn er nach den ganzen Problemen, die wir gehabt hatten, kein Interesse mehr hatte? Mir war nicht entgangen, dass er sich in letzter Zeit sonderbar verhielt. Ständig dieses gequälte Gesicht, seine gespielt unbekümmerte Art, wenn ich ihn darauf ansprach. Das alles deutete daraufhin, dass ihn etwas bedrückte.

Aber was? Hatte er ein schlechtes Gewissen, weil er doch nicht so stark für mich empfand? War es das? Aber er hatte mich seinen Eltern vorgestellt und er hatte mir eine Katze geschenkt. Das tat man doch nicht, wenn man es nicht ernst meinte, oder? So ging es den ganzen Weg weiter, bis meine Pläne, die Party abzusagen, durchkreuzt wurden.

Denn als ich vollkommen aufgewühlt die Tür aufschloss, wurde ich mit lautem Gejubel, Tröten und Klatschen empfangen.

»Überraschung!«, riefen alle durcheinander, und als das Licht angeknipst wurde, sah ich die vielen Gesichter vor mir. Auch das noch!

Kapitel 8

»Wo ist eigentlich dein Göttergatte?«, fragte Vicky und hielt mir ein Sektglas hin. Ich stand mit ihr und Lynn in der Küche, während sich die Gäste eifrig über das Buffet hermachen, das, nebenbei bemerkt, wirklich köstlich aussah, mich aber trotzdem nicht zum Essen bewegen konnte. Mir war ganz und gar nicht danach, auch wenn ich mich um eine freundliche Miene bemühte. Zum Sektglas sagte ich trotzdem nicht nein, denn Alkohol kam mir gerade recht.

»Keine Ahnung, er war nicht da, ich bin alleine nach Hause gegangen«, log ich und exte das Getränk. Auffordernd hielt ich Lynn das leere Glas hin, woraufhin sie es an der Bowle wieder auffüllte.

»Echt?«, fragte Vicky überrascht.

»Aber er sollte dich doch abholen und herbringen«, wunderte sie sich.

Ratlos zuckte ich die Schultern.

»Vielleicht wollte er ja noch was besorgen«, warf Lynn ein und kam mit meinem Glas wieder.

»Stimmt, eine Katze ist ja nicht schon aufmerksam genug«, bemerkte Vicky spöttisch.

»Sie hat übrigens auf den Boden gemacht!«, fügte sie vorwurfsvoll hinzu, als wäre es meine Schuld. Beinahe hätte ich gelacht, doch das drückende Gefühl in meiner Brust hinderte mich daran. Ich war fix und fertig, und bei dem Gedanken, noch den ganzen Tag mit einem falschen Lächeln herumlaufen zu müssen, wurde mir schlecht. Am besten ich ertränkte meine Sorgen in Alkohol – darin hatte ich Erfahrung. Und sonderbarerweise ging meine Taktik sogar auf.

Ich hätte nicht gedacht, dass ich mich heute noch amüsieren würde können, aber nach dem fünften Glas rutschten all die schlechten Gedanken an Jason in weite Ferne. Vielleicht lag es aber auch an der Spendierfreude der Gäste, denn Vicky hatte meinen Wunsch erstaunlicherweise berücksichtigt und einen goldenen Käfig in den Eingang gestellt, in den die Leute ihre Scheine werfen konnten.

Im Laufe des Abends füllte sich der Käfig weiter, und plötzlich hatte ich gar nichts mehr dagegen, dass ich so viele Gäste hatte.

Irgendwann machte ich mich dann auch über das Buffet her, und während Vicky immer wieder für alkoholischen Nachschub sorgte, versüßten wir uns die Zeit mit kindischen Geburtstagsspielen. Ich muss zugeben, dass ich mich köstlich amüsierte, vor allem, als die Männer Topfschlagen spielen mussten, während wir Frauen sie verspotteten.

Es waren eine Menge Leute anwesend. Lynn, Vicky, Zac, Will, Bryan, fünf Freundinnen aus Vickys Lehrgang, weitere Kumpel von Jason und noch ein paar andere, die ich nie zuvor gesehen hatte. Und auch wenn ich die Hälfte der hier Anwesenden immer noch nicht beim Namen kannte, so hatte ich doch den Eindruck, dass sich Vicky mit der Anzahl stark zurückgehalten hatte.

Nur einer war nicht anwesend, die wichtigste Person, die man eigentlich an seinem Geburtstag dabei haben sollte, doch auf eben diese konnte ich gerade getrost verzichten.

»Also, langsam kommt mir das wirklich eigenartig vor«, sagte Vicky drei Stunden später. Der Tag neigte sich allmählich dem Ende zu und in einer Stunde würde es dunkel werden.

»Ich meine, wo kann Jason denn abgeblieben sein?« Sie sah mich an.

»Machst du dir keine Sorgen, dass dein Freund tot im Straßengraben liegen könnte? Ruf ihn doch mal an«, drängte sie mich, doch ich tat, als wäre ich längst hinüber.

»Hab mein Handy nicht bei mir, ich trinke lieber noch einen«, sagte ich hicksend, wobei mein schiefer Blick nicht einmal gespielt war. Ich war mehr als angeheitert, trotzdem wusste ich, dass ich Jason nicht hier haben wollte. Ich hatte unseren Streit nicht vergessen, es juckte mich bloß nicht mehr so sehr, als wenn ich nüchtern gewesen wäre.

»Hm, geht nicht ran«, sagte Vicky, als sie es selbst versuchte, und ließ das Handy sinken. Im selben Moment öffnete sich die Tür und Jason trat ins Haus.

»Na endlich, wo warst du denn?«, fragte Vicky und ging zu ihm.

Ich blieb in der Küche stehen und umklammerte mein Sektglas fester. Er sah zum Sterben schön aus, eine perfekte Mischung aus Bad Boy und Casanova, und der gewaltige Blumenstrauß in seinen Händen ließ mein Herz aufgeregt flattern. Doch ich durfte nicht vergessen, was er getan hatte oder was ich zumindest zu wissen glaubte.

»Deine Herzensdame ist da drüben«, zeigte Vicky, die sich offensichtlich wunderte, dass ich Jason nicht begrüßte. Sein Lächeln verschwand etwas, als er zu mir herüber sah, dann kam er mit langsamen Schritten zu mir und reichte mir den Blumenstrauß.

»Für dich«, erklärte er und musterte mich prüfend. *Stell ihn dort drüben hin*, hätte ich am liebsten gesagt, doch weil Vickys und Lynns Augen auf mich gerichtet waren, nahm ich sie ihm mit einem gekünstelten Lächeln ab. Ich hatte wenig Lust, den beiden von unserem Streit zu erzählen, deshalb sagte ich: »Danke«, und legte den Strauß auf den Tresen.

»Das klingt, als müsstest du dich gleich übergeben«, scherzte er, doch ich ging nicht darauf ein.

»Der Gedanke klingt verlockend«, erwiderte ich kühl und bückte mich im Regal nach einer passenden Vase. Ich sah mich nicht nach ihm um, wusste aber, dass ihn das verletzt hatte. Geschah ihm recht! Als ich wieder hochkam, lehnte er mit verschränkten Armen an der Anrichte und beobachtete mich.

»Wie lange soll das jetzt so weitergehen? Willst du mich ab sofort nur noch angiften?«, fragte er.
»Nein, nur so lange, bis du mir die Wahrheit sagst«, entgegnete ich ungerührt und ohne ihn eines Blickes zu würdigen.
Als mich Vicky zu sich rief, um den Geburtstagskuchen anzuschneiden, nahm ich den Vorwand nur allzu dankend an und verließ schon beinahe fluchtartig die Küche.
»Also, Geburtstagskind, wie es unsere Tradition gebietet, kannst dir etwas wünschen, das heute noch in Erfüllung gehen muss. Ich persönlich würde mir ja einen Lap Dance machen lassen, aber es ist deine Entscheidung«, sprach sie für alle hörbar.
Die Umstehenden jubelten und klatschten, und ich holte tief Luft, um die Kerzen auszupusten. Als der Rauch in kleinen Kreisen zur Decke stieg, sangen sie mir ein Ständchen, doch einen Wunsch äußerte ich zu Vickys Bedauern nicht. »Mir fällt spontan nichts ein«, entschuldigte ich mich, was mir einen ungläubigen Blick einbrachte.
»Spontan? Mädchen, so was plant man schon Tage vorher!« Mit beleidigter

Schnute drückte sie mir ein Messer in die Hand, mit dem ich den Kuchen anschneiden sollte, dann wurden die Stücke an alle Anwesenden verteilt.

Als ich Minuten später mit Vicky und Lynn auf dem Sofa saß, die Männer veranstalteten derweil ein Trinkspiel, raunte mir Vicky zu:

»Also, was ist da los, zwischen Jason und dir?«

»Gar nichts«, sagte ich sofort und schob mir ein großes Stück Kirschtorte in den Mund. Lynn hatte wirklich Talent zum Backen, das konnte man nicht oft genug ansprechen.

»Klar, doch, zwischen euch herrscht so viel Zärtlichkeit wie zwischen zwei brunftigen Stieren, aber ansonsten kaufe ich dir deine lahme Lüge natürlich ab«, sagte sie spöttisch.

Gott, war es uns so deutlich anzusehen? Seufzend sagte ich:

»Ich erzähl es dir nachher, wenn wir alleine sind.« Damit gab sie sich zufrieden, und die Party ging weiter.

***

»Claire, Liebling, ich glaube, du hast genug getrunken«, bemerkte Jason und kam zu mir in die Küche. Er hatte eine Weile mit Zac und Will in einer Ecke gesessen, wobei er mir immer wieder verstohlene Blicke zugeworfen hatte. Ganz offensichtlich störte es ihn, dass ich mir einen nach dem anderen hinter die Binde kippte, mich hingegen amüsierte sein missbilligender Blick. Ich hatte versucht, mit Vicky und Lynn mitzuhalten, aber die beiden tranken mich gnadenlos unter den Tisch, ohne selbst das kleinste Anzeichen von Beschwipstheit zu zeigen. Unfassbar, ich meine, konnte man das irgendwo lernen? Denn mir schwirrte schon ordentlich der Kopf. Jason wollte mir das Glas wegnehmen, doch ich brachte meinen Arm außer Reichweite.

»Ach, findest du? Der Alkohol hilft mir aber zu verdrängen, dass mich mein Freund betrogen hat«, lallte ich wütend und nahm zum Trotz noch einen großen Schluck. Seine Augen funkelten zornig.

»Hör auf, so einen Schwachsinn zu reden, du bist betrunken«, sagte er säuerlich und verschränkte die Arme vor der Brust.

»Allerdings, und ich werde noch viel mehr trinken. Das ist immerhin *mein* Geburtstag, der Tag, den du mir übrigens gründlich versaut hast! Warum hast du Rebecca eigentlich nicht mitgebracht?«, fragte ich und sah mich suchend um.

»Ihr würdet euch hier bestimmt wunderbar amüsieren.« Das war natürlich unter der Gürtellinie, doch es machte mir gerade unheimlich Spaß, ihn zu provozieren - als ob der Alkohol eine dunkle Seite in mir hervorbrachte.

»Das muss ich mir nicht anhören«, brummte er und nahm mir das Glas mit einem Ruck aus der Hand. Verblüff sah ich dabei zu, wie er den Inhalt ins Waschbecken schüttete und das Glas gewaltsam abstellte.

»Vicky, ich glaube du solltest das Geburtstagskind ins Bett bringen. Sie hat genug getrunken«, rief er über die Schulter. An mich gewandt sagte er:

»Wir reden morgen weiter, wenn du nüchtern bist.«

»Worauf du dich verlassen kannst«, erwiderte ich mit einem giftigen Blick.

Doch anstatt sich zu entfernen, kam er plötzlich auf mich zu, zwang mein Kinn in die Höhe und drückte mir schon fast gewaltsam einen Kuss auf den Mund.

»Auch wenn du manchmal eine Rotzgöre bist, ich liebe dich trotzdem«, murmelte er an meine Lippen. Ich wollte ihn wegstoßen, doch da hatte er sich auch schon umgedreht und lief davon. Wütend wischte ich mir über den Mund und ignorierte das Kribbeln, das sich in meinem Magen ausbreitete. Bevor ich jedoch weiter darüber nachdenken konnte, war Vicky bei mir.

»Ihr müsst ziemliche Probleme haben, wenn er dich an deinem Geburtstag stehen lässt«, bemerkte sie und warf einen Blick zur Tür, die gerade ins Schloss fiel.

»Das haben wir, und je schneller du den Menschenauflauf rausschaffst, desto eher erzähle ich es dir«, lockte ich sie und wischte mir noch einmal über den Mund. Meine Feierlaune war verflogen, und ich wollte nur noch ins Bett, außerdem musste ich das Kribbeln loswerden, das sich bei seinen Worten in mir gebildet hatte. Mein Körper sollte nicht kribbeln! Nicht, wenn ich wütend auf ihn war.

Eine Stunde später kam Vicky zu mir ins Bett gekrochen. Schon erstaunlich, mit welcher Effizienz sie die Leute dazu bewegen konnte, das Haus zu verlassen, wenn sie etwas wollte. Mein Kätzchen hatte sich zu einer Kugel zusammengerollt und schlief in einem kuscheligen Korb in der Ecke. Ich hatte mich schon vor einer Dreiviertelstunde von meinen Gästen verabschiedet, mit der Begründung, unendlich müde zu sein, was auch irgendwie stimmte, aber nach Schlaf war mir trotzdem nicht zumute.

Viel lieber wollte ich Vicky nach ihrer Meinung fragen. Sie kannte Jason länger als ich, und wenn mir jemand Ratschläge geben konnte, dann sie.

Außerdem war mir in der halben Stunde, die sie gebraucht hatte, um die Gäste auszuladen, ein absolut dämlicher Plan in den Sinn gekommen – aber, hey, dafür war ich schließlich bekannt!

***

»Tu das nicht, Claire«, riet sie mir und sah mich eindringlich an.

»Was schlägst du sonst vor? Einfach darüber hinwegsehen, dass er sich heimlich mit einer anderen trifft?«, fragte ich gereizt. Es war nicht richtig, meinen Ärger an Vicky auszulassen, denn sie konnte ja nun wirklich nichts für meine Lage, aber ich war so stinkwütend auf Jason, dass ich mir am liebsten die Haare gerauft hätte – vielleicht verstärkte aber auch nur der Alkohol meine Emotionen. Vicky schien sich jedoch nicht an meinen scharfen Ton zu stören – tat sie eigentlich nie, wenn ich so darüber nachdachte. Stattdessen sagte sie:

»Das nicht, aber seinem Partner hinterher zu spionieren, ist ein schlechtes Vorzeichen. Wenn es schon so weit ist, dass du ihm überhaupt nicht mehr traust, habt ihr wirklich ernsthafte Probleme. Versuch doch lieber, mit ihm zu sprechen.«

»Vicky, das habe ich! Drei Mal, um genau zu sein, aber alles, was ich von ihm zu hören bekomme, ist, dass er sie von früher kennt und ich mir keine Sorgen machen soll, und du hast recht, kein Vertrauen zu haben, ist wirklich ein schlechtes Omen, aber das ist ja wohl nicht meine Schuld. Bist du etwa auf seiner Seite oder wie?« Sie hatte sich zwei riesige Kuchenstücken mit aufs Zimmer genommen und schaufelte sie leidenschaftlich in sich hinein.

»Natürlich nicht, aber Jason ist mein bester Freund, und wenn ich eines mit Sicherheit sagen kann, dann, dass er niemals Spielchen spielt – das ist einfach nicht seine Art.«

»Ach, und was ist seine Art?«, fragte ich herausfordernd und mit zusammengekniffenen Augen.

»Jason hat in seinem Leben vielleicht nicht viele feste Beziehungen geführt, aber er hat immer klargestellt, dass er an nichts Ernsthaftem interessiert ist, und seine Partnerinnen haben das akzeptiert.

Dich hingegen liebt er von ganzem Herzen. Ich meine, schau doch nur, was ihr in den letzten Monaten durchgemacht habt. Glaubst du wirklich, er würde nach alldem eure Beziehung aufs Spiel setzen?«

Nein, war mein erster Gedanke, aber was sollte die Geheimniskrämerei dann?

»Ich weiß ehrlich gesagt nicht mehr, was ich glauben soll. Ich versuche es ja, aber …«

»Vergiss nicht, dass du ihm schon mal misstraut hast, Claire, und es am Ende unbegründet war.«

Schockiert sah ich zu ihr auf. Da hatte sie natürlich recht, aber dass sie mir noch einmal unter die Nase rieb, wie fies ich zu Jason gewesen war, tat weh. Andererseits konnte ich sie auch verstehen. Sie war wieder kurz davor, zwischen zwei Fronten zu stehen: ihrer Cousine und ihrem besten Freund – das war sicher auch nicht leicht.

»Du hast recht«, meinte ich schließlich und mit hängenden Schultern.

»Ich denke, ich werde noch einmal mit ihm reden.«

»Danke«, sagte sie und atmete erleichtert aus.

»Ehrlich, ich könnte es nicht ertragen, noch einmal zwischen euch zu stehen.«

»Weißt du was? Am besten ich rede sofort mit ihm, ich will das unbedingt geklärt haben«, sagte ich von plötzlichem Tatendrang erfüllt und sprang auf.

»Jetzt noch?«, fragte sie und sah ungläubig zur Uhr.

»Du hast getrunken, du kannst sowieso kein Auto fahren«, fügte sie hinzu.

»Ach ja.« Kraftlos ließ ich mich wieder ins Bett fallen.

»Verdammt, dann muss ich eben bis morgen warten«, murmelte ich.

»Mach das, und jetzt schlaf erst mal deinen Rausch aus, du siehst aus wie ein Schluck Wasser«, bemerkte sie und rollte sich vom Bett.

Kapitel 9

Am nächsten Morgen sah ich als Allererstes auf mein Handy, doch Jason hatte weder angerufen noch eine Nachricht hinterlassen. Ich vermutete, dass er noch schlief, und verbrachte mit Vicky den ganzen Vormittag damit, das Haus aufzuräumen. Wir sammelten den Müll auf, warfen die Pfandflaschen in riesige Säcke, saugten, wischten die klebrigen Alkoholreste vom Küchentresen, lüfteten die Wohnung und reinigten den Boden. Zwischendurch sah ich immer mal wieder auf mein Handy, doch es vibrierte kein einziges Mal. Komisch, hatte er nicht mit mir reden wollen? Nüchtern war ich jedenfalls.

Als sich der Tag allmählich dem Ende näherte, machte ich mir ernsthaft Sorgen. Warum meldete er sich nicht? War er sauer, weil ich ihn gestern so angefahren hatte?

»Weißt du was? Ich fahre jetzt zu ihm«, verkündete ich Vicky und sprang vom Sofa auf. Ich war so hibbelig, dass ich keine Minute länger herumsitzen konnte, außerdem machte es mich wahnsinnig, dass er sich nicht meldete. Ich hätte es natürlich auch tun können, aber mein Stolz ließ es einfach nicht zu. Immerhin war ich im Recht.

»Wie du willst. Soll ich Lynn absagen und auf dich warten?«, fragte sie und folgte mir, als ich die Treppe hinauf in mein Zimmer lief. Sie sprach es nicht aus, aber sie meinte wohl für den Fall, dass das Gespräch nicht allzu rosig verlaufen würde und ich eine Schulter zum Ausheulen brauchte. Aber ich glaubte nicht, dass es so weit kommen würde. Bis jetzt hatten Jason und ich alle Probleme lösen können, indem wir miteinander geredet hatten.

Man nehme nur unser Missverständnis vor nicht allzu langer Zeit: Da hatte ich tatsächlich, und jetzt fragte ich mich, wie ich überhaupt auf die wahnwitzige Idee hatte kommen können, Jason verdächtigt, mich überfallen zu wollen. Damals hatte ich auch gedacht, dass wir uns nie und nimmer wieder vertragen würden, aber es hatte nur einer simplen Aussprache bedurft, um festzustellen, dass alle Probleme auf einer Reihe von Missverständnissen basiert hatten. Vielleicht war das ja jetzt auch wieder der Fall. Ich musste Jason nur dazu bringen, es endlich auszuspucken, dann würde sich unser Zwiespalt hoffentlich legen.

»Nein, brauchst du nicht. Wenn irgendetwas ist, rufe ich dich an, amüsiert ihr euch schön«, winkte ich ab und warf mir eine Jacke über.

Ich muss sagen, dass ich etwas nervös war, als ich die Einfahrt verließ und auf die Straße rollte. Ich wollte unbedingt wissen, was es mit Rebecca auf sich hatte, und ich würde nicht locker lassen, bis er es mir sagte.

Demnach konnte ich es auch kaum erwarten, endlich die Wahrheit zu erfahren. *Aber willst du das wirklich?*, meldete sich eine skeptische Stimme in meinem Kopf. *Was, wenn die beiden …* Nein, ein vollkommen absurder Gedanke. Das traute ich Jason nun wirklich nicht zu. Aber was war es dann? Viele Gründe, warum man eine andere Frau vor seiner Freundin versteckte, gab es nämlich nicht, sodass ich gar nichts für die düsteren Gedanken konnte. *Hör auf, dich verrückt zu machen*, schalt ich mich im nächsten Moment. Es brachte ja sowieso nichts. In zwanzig Minuten würde ich ohnehin die Wahrheit erfahren, und wenn ich sie aus

ihm rausprügeln müsste! Also schaltete ich das Radio ein, schlug zwei Mal dagegen, damit der Empfang besser wurde und versuchte, mich zu entspannen.
Das klappte auch ganz gut, bis ich an der letzten Ampel stehen blieb und Jason plötzlich aus der Bankfiliale kommen sah. Mit seiner dunklen Kleidung und der hochgewachsene Figur war er kaum zu übersehen. Ich stand an der Kreuzung, dessen eine Straße zum Stadtrand führte, genau dorthin, wo er wohnte.
Von hier aus waren es nur noch fünf Minuten bis zu seinem Haus, und entweder wollte er gerade nach Hause oder er fuhr weg. Zum Aussteigen blieb mir allerdings keine Zeit, denn schon war er in sein Auto gestiegen und losgefahren. Dann würde ich ihm eben folgen, dachte ich schulterzuckend und wechselte auf die linke Spur.
Als die Ampel endlich grün wurde, war Jason bereits losgefahren, und meine Finger trommelten nervös auf das Lenkrad. Zwischen uns befanden sich jetzt fünf Autos, und ich hatte Mühe, ihn im Auge zu behalten – na, das konnte ja was werden!

Zwanzig Minuten später, der Himmel war bereits dunkel geworden und wir waren durch die halbe Stadt gefahren, fiel mir erst auf, dass wir uns immer mehr dem Stadtrand auf der anderen Seite näherten. Ich war so damit beschäftigt gewesen, ihn nicht zu verlieren, dass es mir vorher nicht aufgefallen war, aber jetzt, da die Straßen immer leerer wurden, war es unverkennbar. Als er eine Landstraße nahm, wurde ich langsamer, und ein mulmiges Gefühl suchte mich heim. Wo in Gottes Namen wollte Jason hin? Je länger wir auf der Landstraße fuhren, desto übersichtlicher wurde sie, und ich musste den Abstand vergrößern, damit er meinen Wagen nicht erkannte. Jetzt war es zumindest offiziell - ich spionierte ihm nach!

***

Sein Wagen war so schwarz, dass er glatt mit der Dunkelheit verschmolz, und nur seine Rücklichter machten ihn noch erkennbar. Irgendwann bog er links ab, und ich folgte ihm in beachtlichem Abstand.

»Was'n jetzt los?«, fragte ich laut, als er auf den Parkplatz eines mehr als fragwürdigen Motels fuhr. Ich schaltete die Scheinwerfer aus und rollte mit minimalem Anschub über den Schotterweg, und als sein Wagen zum Stehen kam und er ausstieg, stoppte ich ebenfalls. Scheiße, was hatte er in einem Hotel zu suchen, das dafür bekannt war, dass man sich hier zum … Vergnügen traf? Über den Eingang war in roten Lettern *Lusthotel* geschrieben, etwas, worüber ich früher immer gelacht hatte.

Bevor ich zu Vicky in die Stadt gezogen war, hatte sie mich immer an den Wochenenden hergeholt und wir hatten zusammen die Stadt unsicher gemacht. Und als sie mir erzählt hatte, dass es ein Hotel gab, das auf sexuelle Abenteuer spezialisiert war, hatten wir uns köstlich über den billigen Namen amüsiert.

Jetzt war mir aber ganz und gar nicht zum Lachen zumute, denn ich fragte mich, was Jason hier verdammt noch mal zu suchen hatte? Er schlug die Wagentür zu und schritt über den Parkplatz, ohne sich umzusehen – er hatte mich nicht bemerkt, und auch sonst machte er keinen sonderlich nervösen Eindruck. *Als sei es Routine*, meldete sich eine finstere Stimme in meinem Kopf.

Ich hatte von meiner Position aus einen guten Blick auf den Parkplatz, ohne selbst gesehen zu werden, deshalb erkannte ich sie auch sofort, als sie aus dem Motel kam. Es war niemand Geringeres als Rebecca. *Nein, bitte nicht*, dachte ich mit klopfendem Herzen. *Lass das einen Albtraum sein! Einen gemeinen verdammten Albtraum.*

Doch mein Wunsch wurde nicht erhört, und als Jason ein Bündel Scheine aus seiner Jacke nahm und sie ihm daraufhin ein beschwingtes Lächeln schenkte, drohte mir das Mittagessen von vorhin wieder hochzukommen. Sie deutete mit einem Nicken auf die Eingangstür, und Jason folgte ihr, dann waren sie im Innern verschwunden. Ich konnte es einfach nicht glauben, das musste eine Halluzination sein, andernfalls hätte ich gerade mit eigenen Augen gesehen, wie Jason Geld abgeholt hatte, nur, um sich anschließend mit Rebecca zu treffen und mit ihr in einem Hotel zu verschwinden – als wäre sie eine Prostituierte!

Ich wusste nicht, wie lange ich in dem dunklen Auto sitzen blieb.

Vielleicht hoffte ich, dass sie jede Minute herauskamen, dass er ihr einfach nur das Geld hatte geben wollen oder dass sie jemanden besuchten – irgendetwas. Ich war bereit, alles zu glauben, nur nicht, dass sie das taten, wofür dieses schmuddelige Motel bekannt war.

Doch als sie zehn Minuten später immer noch nicht erschienen, war es eindeutig.

Ich brauchte drei Anläufe, um den Motor zu starten, so sehr zitterten meine Hände. Hinzu kamen Tränen, die ich wegzublinzeln versuchte, die aber immer wieder nachkamen. Mein Herz hatte längst das Ausmaß seines Verrates begriffen, doch mein Verstand wollte es einfach nicht wahrhaben. Ich meine, ich wusste, was ich gesehen hatte, wusste, was es bedeutete, dennoch kam es mir so unwirklich vor. Vielleicht stand ich auch unter Schock.

Als mich ein entgegenkommendes Auto anhupte, fuhr ich erschrocken an den Straßenrand und stoppte den Wagen. Scheiße, ich baute hier noch einen Unfall, wenn ich mich nicht zusammenriss, und sterben wollte ich wegen Jason bestimmt nicht – nicht für das, was er mir angetan hatte!

Als ich vierzig Minuten später das Haus betrat - ich war extrem langsam gefahren, weil ich mich selbst nicht mehr für zurechnungsfähig hielt -, wartete mein Kätzchen bereits am Eingang und miaute mir glücklich zu. Ich war versucht, sie einfach zu ignorieren, und schenkte ihr einen kalten Blick, doch Sekunden später schämte ich mich für diese Reaktion und hob sie mit einem schlechten Gewissen auf die Arme.

»Nein, dich kann ich nicht hassen, du kannst ja nichts dafür«, flüsterte ich und trug sie auf mein Zimmer. Ich musste mich jetzt dringend ausheulen, und Kätzchen war die Einzige, die mich trösten konnte.

Hey, bist du morgen Vormittag zuhause?
Wir müssen reden.

Ich las die Nachricht bestimmt ein Dutzend Mal, bevor ich das Handy zuklappte und aufs Bett feuerte. Am liebsten hätte ich es an die gegenüberliegende Wand geschmettert, aber das hätte mich nur kurzfristig befriedigt und morgen früh hätte ich es bereut. Nein, das Handy zu zerstören, würde mein Probleme nicht lösen, und es gab gewaltige Probleme. Jason wollte mich morgen also sprechen! Wahrscheinlich wollte er mir seinen Seitensprung beichten oder aber direkt Schluss machen. Ich musste lachen bei dem Gedanken, zum Weinen war ich einfach nicht mehr imstande.

Ich hatte die letzten beiden Stunden geweint, hatte Vickys teuren Champagner aus dem Kühlschrank stibitzt und mich volllaufen lassen – ich weiß, das Unsinnigste, was man in dieser Situation machen konnte, aber der Alkohol betäubte meinen Schmerz, zumindest kurzfristig. Doch wenn Jason glaubte, er könnte mich einfach so wegschmeißen, würde ich ihm einen Strich durch die Rechnung machen. Ich würde ihm zuvorkommen und unsere Beziehung selbst beenden, und als Kätzchen, die brav auf meinem Bett saß, zustimmend nickte – wahrscheinlich halluzinierte ich schon-, war ich fest dazu entschlossen.

Bin den ganzen Tag zuhause.
Komm, wann du willst.

Schrieb ich, bemüht, so normal wie möglich zu klingen. Damit schaltete ich das Handy aus, legte mich schlafen und bekam die ganze Nacht keine Auge zu. Zumindest denkt man immer, dass man nicht schlafen kann, aber irgendwann nickt man dann doch ein. Mein Kopf fühlte sich schwer an und drückte unangenehm, als ich aufwachte - was nach der Flasche von gestern natürlich vorherzusehen gewesen war. Ein Blick auf die Uhr verriet mir, dass es halb elf war und Jason bald auftauchen würde. Also ging ich ins Bad, putzte mir die Zähne, schaltete mein Handy ein und sah vier Nachrichten aufblinken.

23:43 Uhr*:* *Ist alles in Ordnung?*
23:48 Uhr: *Bist du noch wach?*
00:01 Uhr : *Wenn du willst, können wir morgen essen gehen.*
00:15 Uhr*:* *Offenbar schläfst du schon. Ich kann es kaum erwarten, dich wiederzusehen, ich liebe dich.*

Das war nicht sein Ernst, dachte ich und las die letzte Nachricht ein weiteres Mal. Offenbar hatte ich mich geirrt, denn seinen letzten Worten nach zu urteilen, hatte er keineswegs vor, mit mir Schluss zu machen. Dieser hinterhältige, widerliche … Als es an der Tür klopfte, zuckte ich zusammen. Mist verdammter, er war schon da? Ich schlüpfte in meine Jeans, zog mir ein sauberes Shirt über und band meine Haare zu einem Dutt, dann lief ich die Treppe hinunter. Ich sah, dass Vickys Tür geschlossen war, sie war also irgendwann in der Nacht gekommen.

Mit jedem Schritt wurde ich allerdings langsamer, und als ich die Tür erreicht hatte, zögerte ich.

War ich überhaupt bereit dafür? Konnte ich ihm wirklich in die Augen sehen, wenn er gleich vor mir stand oder würde ich zusammenbrechen? Immerhin hatte ich Jason gestern auf frischer Tat ertappt, und nun würde ich mit ihm Schluss machen. Das war gar nicht so einfach, auch wenn ich die bevorstehende Szene schon dutzende Male im Kopf durchgespielt hatte. Was, wenn er sich rausreden würde, was, wenn er versuchte, mich um den Finger zu wickeln?

Würde ich seinem Charme und seiner Überzeugungskraft widerstehen können? *Natürlich*, sagte ich mir sofort. Ich musste einen Schlussstrich ziehen, bevor er mich mit seinen Worten einlullen konnte, denn egal, was er zu seiner Verteidigung zu sagen hatte, ich hatte ihn gestern auf frischer Tat ertappt und keine Erklärung der Welt konnte ihn da rausholen.

Als ich die Tür öffnete, wollte er mich prompt in die Arme schließen und mir einen Kuss geben – ich wich entsetzt zurück. Gott, dieser Mistkerl kannte wirklich keine Moral. Er wollte sich tatsächlich noch als meinen treuen Freund ausgeben!

»Was ist los?«, fragte er, als ich zurückwich und keine Anstalten machte, ihn hereinzulassen. Ich wollte antworten, konnte es aber nicht. Der Kloß in meinem Hals hatte sich zu einem riesigen Klumpen geformt, der mir jedes Wort abschnürte. Ich konnte Jason nur anstarren, wie er perfekt gestylt und in denselben Sachen wie gestern vor mir stand und verwirrt auf mich herabsah. Ich ließ meinen Blick über seine Hose wandern und musste unwillkürlich daran denken, wie sie ihm diese gestern aufgeknöpft haben musste – mir wurde schlecht.

»Claire? Ist alles in Ordnung Schatz?«, fragte er beunruhigt und streckte eine Hand aus, um mich am Arm zu berühren, doch ich zuckte zurück.

Aber zumindest ließ mich das *Schatz* aus meiner Starre erwachen, und ich fand meine Sprache wieder. Dass er es tatsächlich wagte, mich so zu nennen!

»Ich bin also dein Schatz«, sagte ich bitter lachend.

»Na, das ist ja interessant.«

Er runzelte die Stirn.

»Ich verstehe nicht.«

Doch anstatt ihn mit meinem Vorwurf zu konfrontieren, gab ich ihm die Möglichkeit, selbst mit der Sprache rauszurücken. Es würde zwar nichts daran ändern, dass er mich betrogen hatte, aber so konnte er mir wenigstens zeigen, dass noch so etwas wie Courage in ihm steckte.

»Was willst du hier?«, fragte ich. *Los, sag es einfach*, forderte ich ihn stumm auf. Vier einfache Worte: Ich – will – Schluss – machen. Eigentlich ganz einfach.

»Na, dich sehen«, antwortete er, als wäre meine Frage vollkommen absurd.

»Du hast gestern keine meiner Nachrichten beantwortet, und nachdem wir an deinem Geburtstag so unschön auseinandergegangen sind, wollte ich mich erkundigen, ob alles in Ordnung ist.«

Auch wenn sich mein Herz anfühlte, als wäre es gewaltsam herausgerissen, brachte ich ein höhnisches Lachen zustande, was mich selbst überraschte.

»Ob alles in Ordnung ist? Vielleicht kann dir das deine geliebte Rebecca beantworten«, schlug ich vor.

Er legte seine Hand in den Nacken und starrte zum Himmel auf, dann schaute er mich wieder an.

»Geht das wieder los!«, stöhnte er und machte Anstalten, hereinzukommen, doch ich schlug ihm gegen die Brust. »Keinen Schritt näher, du kommst hier bestimmt nicht rein!«, zischte ich und schenkte ihm meinen finstersten Blick. Mir fiel auf, dass sich die Trauer viel besser ertragen ließ, wenn ich wütend war – was ich nur allzu gern begrüßte.

Er machte einen Schritt zurück, um das Gleichgewicht wiederzufinden, und wagte es doch tatsächlich, ein Lächeln anzudeuten.

»Ich hätte nicht gedacht, dass du so schnell eifersüchtig wirst, Schatz. Gefällt mir irgendwie.«

Oh Gott, ein Ohnmachtsgefühl drohte mich zu überrollen und die Wut zurückzudrängen. Dass er es tatsächlich wagte.

Er war sich keinerlei Schuld bewusst und er machte nicht den Eindruck, als wollte er irgendetwas zugeben. Das machte mich fertig.

»Claire, Liebling, wollen wir uns wirklich wegen etwas so Belanglosem streiten?«, fragte er und kam meinem Protest zum Trotz die Stufen hoch.

Da kehrte meine Wut wieder zurück.

»Belanglos? Du nennst die heimlichen Treffen mit diesem Mädchen belanglos?«, rief ich.

»Ich-treffe-mich-nicht-heimlich, verdammt, warum kannst du mir das nicht einfach glauben!«, fragte er und schien selbst allmählich die Geduld zu verlieren.

Ich ließ mich gegen den Türrahmen sacken.

»Weil ich dich gestern mit ihr gesehen habe«, sagte ich plötzlich sehr erschöpft.

Verständnislos blinzelte er mich an, und obwohl Jason der klügste Kopf der Uni war, schien er gerade etwas begriffsstutzig zu sein. Mann, das war fast schon komisch.

»Was willst du damit sagen?«, fragte er, und an seinem Blick erkannte ich, dass er es ahnte.

»Ich wollte gestern zu dir fahren, hab dich dann an der Bank gesehen und bin dir bis zu dem Motel gefolgt, wo du ihr erst das Geld zugesteckt hast und dann mit ihr verschwunden bist.« *Klasse, Claire, deine Stimme hat nicht einmal gezittert*, bejubelte ich mich. Besser fühlte ich mich dadurch allerdings nicht.

Es herrschten zwei, drei Sekunden Stille, dann lachte er, doch es war kein freundliches Lachen.

»Oh Mann«, sagte er und fuhr sich mit der Hand übers Gesicht.

»Du bist mir nachgefahren«, stellte er fest, wie um es sich noch einmal selbst zu verinnerlichen.

»Allerdings, Jason, und ich habe dir sogar eine Chance gegeben. Ich habe zehn Minuten auf euch gewartet, aber als klar war, dass ihr nicht mehr herauskommt, bin ich losgefahren.« Ich war überrascht, ich war wirklich verwundert darüber, wie cool ich blieb. In meinen Augen glitzerten zwar Tränen und der Kloß in meinem Hals schnürte mir die Luft ab, aber ich brach nicht vor Jason zusammen. Ich wollte, dass er mir in die Augen sah, wollte keine Schwäche zeigen und ihn meinen ganzen Hass darin sehen lassen.

Fassungslos schüttelte er den Kopf, als würde er begreifen, dass, egal, was er sagte, er mich nicht umstimmen konnte.

»Fuck«, sagte er schließlich und fuhr sich erneut übers Gesicht.

»Allerdings *fuck*«, bestätigte ich.

»Würdest du mir glauben, wenn ich dir sage, dass es nicht so ist, wie es ausgesehen hat?«, fragte er.

Als Antwort gab ich ihm eine Ohrfeige, die mir selbst in der Hand brannte. Ich hielt nichts von körperlicher Gewalt. Mann sowie Frau sollten sich genügend respektieren, dass sie einander nicht ernsthaft Gewalt antaten und ja, ich hielt auch nichts davon, wenn Frauen ihre Männer schlugen, nur weil sie Frauen waren, aber in diesem Fall … musste ich einfach eine Ausnahme machen.

»Das du es wagst, mir so dreist ins Gesicht zu lügen«, flüsterte ich. Ich konnte einfach nicht anders. Ich brauchte meine ganze Kraft, um nicht in Tränen auszubrechen, da fand ich einfach keine Festigkeit mehr für meine Stimme.

Er drehte seinen Kopf, der sich trotz meines kraftvollen Schlages nur minimal bewegte hatte, wieder zu mir und sah mich lange an, und das erste Mal seit Monaten hatte ich wieder das Gefühl, vor einer Mauer zu stehen. Bevor wir zusammenkamen, waren mir Jasons Gefühle und Gedanken ein Rätsel gewesen, weil er es perfekt beherrschte, sie zu verbergen, aber später hatte er den Vorhang fallen lassen und mir Einblick gewährt. Jetzt war es allerdings wieder wie früher, sein Gesicht war eine undurchdringliche Maske.

»Und jetzt? Was soll ich deiner Meinung nach …«

»Ich mache Schluss«, fiel ich ihm ins Wort. Wieder herrschte eine Pause, in der er mich fassungslos anstarrte, sodass ich beinahe hätte lachen müssen. So bestürzt wie er aussah, hatte er wohl im Leben nicht mit diesem Entschluss gerechnet. Was für ein arroganter Arsch.

»Ist das dein Ernst?«, fragte er und breitete entgeistert die Hände aus.

»Ich habe noch nie etwas so ernst gemeint«, antwortete ich. *Bravo, taxiere ihn weiterhin mit deinem kalten Blick.*

»Können wir noch darüber reden?«, wollte er wissen, jedoch nicht etwa mit hoffnungsvollem Blick. Er hatte längst begriffen, dass er nichts an meiner Entscheidung ändern konnte, es war wohl so etwas wie ein letzter verzweifelter Versuch.

Ich verschränkte die Arme vor der Brust und richtete mich gerade auf – jetzt wurde es interessant.

»Sag mir, wer sie ist und wie lange ihr euch schon hinter meinem Rücken trefft«, forderte ich. Zweifelnd sah er mich an.

»Was, und dann ist alles wieder in Ordnung?« Seine Stimme troff nur so vor Sarkasmus.

»Nein, aber das bist du mir schuldig!«

»Wir hatten das schon einmal, ich kann dir nicht sagen, wer sie ist, aber ich schwöre dir, dass da nichts zwischen uns läuft.«

»Jason, ich habe euch auf frischer Tat ertappt. Willst du das etwa leugnen?«, fragte ich und hatte Mühe, meine Stimme zu kontrollieren. Sie drohte mir wie ein beschädigter Zug zu entgleisen, und auch das Zittern meines Körpers machte mir deutlich, dass ich kurz davor war, die Fassung zu verlieren.

»Nein, hast du nicht. Du hast gesehen, wie wir im Hotel verschwunden sind und deine eigenen Schlüsse gezogen, wie immer«, gab er mit zusammengebissenen Zähnen zurück.

»Ein Hotel, das für seine sexuellen Abenteuer berüchtigt ist, du Bastard!«, schrie ich ihn an. Einen Moment lang war ich über meine Wortwahl und Lautstärke schockiert, aber es machte mich einfach nur krank, dass er es nicht zugeben konnte. Auch jetzt, da ich ihn gestellt hatte, versuchte er immer noch, den Unschuldigen zu mimen - das war einfach zu viel. Seine Miene wurde kalt und er lief rückwärts die Treppen hinab. *Ich bin zu weit gegangen*, war mein erster Gedanke, und Reue wollte sich in mir ausbreiten, doch dann rief ich mir in Erinnerung, wobei ich ihn erwischt hatte, und mit einem Mal kam mir das Schimpfwort nicht mal annähernd so boshaft vor, als das, was er verdient hätte.

»Tut mir leid, dass du so von mir denkst. Sind wir dann fertig?«, fragte er, und sein Mund war zu einer dünnen Linie geworden.

»Allerdings, und wie ich mit dir fertig bin«, erwiderte ich und knallte die Tür zu. Kurz darauf hörte ich Reifen quietschen und ihn davonfahren. Ich setzte mich auf die Wohnzimmercouch und fühlte mich vollkommen taub. Ich spürte weder meinen Körper noch überhaupt etwas.

Keine Trauer, keine Wut mehr, ich hatte Jason hinausgeworfen und meine Gefühle gleich mit.

***

Stunden später, ich wusste nicht, wie lange ich dort allein gesessen hatte, kam Vicky die Treppe hinunter. Sie hatte so tief und fest geschlafen, dass sie nichts von meinem Gebrüll mitbekommen hatte. Sie gähnte laut, streckte sich ausgiebig und ließ sich dann neben mir auf der Couch nieder.

»Und?«, fragte sie.

»Wie lief euer …« Sie stockte, als sie mir ins Gesicht sah, und fuhr dann mehr als leise fort:

»…Gespräch? Scheiße, ich kenne diesen Gesichtsausdruck. Das ist gar nicht gut«, sagte sie und fuhr sich durchs Haar.

»Ich hab Schluss gemacht«, erklärte ich und war versucht, mich in einem Spiegel zu betrachten. Ich hätte zu gern gewusst, wie ich aussah und was sie so an meinem Anblick erschreckte.

»Du hast was?«, fragte sie schockiert.

»Ich bin ihm gestern nachgefahren und habe gesehen, wie er sich mit dieser Rebecca im Lusthotel getroffen hat.« Ungläubig starrte Vicky mich an.
»Du verarschst mich, oder?« Ich schüttelte den Kopf.
»Und stell dir vor, vorher hat er noch bei der Bank Geld abgeholt, was er ihr dann vor dem Hotel zusteckte. Ich muss dir ja wohl nicht erklären, was das zu bedeuten hat und was sie danach getrieben haben.« Vicky fuhr sich mit der Hand durch Haar.
»Ich muss ihn anrufen, ich kann das einfach nicht glauben.«
»Ich auch nicht, aber ich hab's mit eigenen Augen gesehen«, sagte ich schulterzuckend.
Ganz langsam ließ sie sich wieder aufs Sofa sinken.
»Erzähl mir alles«, bat sie, und das tat ich auch.
Zwei Stunden später saß ich an meinem Schreibtisch über den Lernstoff gebeugt. Nachdem ich Vicky jedes kleinste Detail der letzten Tage erläutert hatte, hatte ich verkündet, lernen zu gehen, was mir einen ziemlich irritierten Blick eingebracht hatte. Wahrscheinlich zweifelte sie an meiner geistigen Verfassung, und ich gebe selbst

zu, es machte mir etwas Angst, wie ruhig ich angesichts der Situation blieb. Vielleicht stand ich ja auch unter Schock und hatte einfach noch nicht begriffen, was mir da gerade widerfahren war. Wie dem auch sei, die Uni ging vor, sodass es im Moment nichts Wichtigeres gab, als zu lernen.

»Claire«, sagte Vicky, nachdem sie leise an meiner Zimmertür geklopft hatte, und sie öffnete.

»Ich glaube, deine Katze hat Hunger. Sie sitzt seit zwanzig Minuten vor deinem Zimmer und miaut. Willst du ihr nichts zu essen geben?«

Überrascht drehte ich mich zu Vicky um. Tatsächlich? Ich hatte gar nichts gehört.

»Muss ich wohl überhört haben. Kannst du das machen, ich hab hier noch viel zu tun«, bat ich und wandte mich wieder meinen Unterlagen zu.

»Klar, mach ich das, aber willst du für heute nicht mal Feierabend machen? Du lernst seit fünf Stunden und das ununterbrochen, da kann sich doch kein Mensch mehr konzentrieren.«

»Ich hab eh nichts Besseres zu tun und mein Gedächtnis funktioniert noch

wunderbar«, erwiderte ich, ohne mich zu ihr umzudrehen.
Sie seufzte.
»Du könntest mit mir reden.«
»Es gibt nichts zu reden. Jason ist ein Arschloch, und ich habe mit ihm Schluss gemacht. Ende der Geschichte.«
Es herrschte kurz Stille, dann sagte sie:
»Wenn du dich damit besser fühlst, bitte. Ich bin unten, wenn du mich brauchst. Komm, Kätzchen, machen wir dir was zu essen«, murmelte sie und schloss die Tür.
Brauchen?
Ich brauchte niemanden, und vor allem brauchte ich Jason nicht!

Kapitel 10

Diese Einstellung hielt ich ganze vier Tage durch. Ich verbrachte länger als nötig in der Uni, schob Überstunden in der Boutique und fegte wie ein Putzteufel durch die Wohnung, um jedes Staubkörnchen und jeden Fleck auszumerzen. Am fünften Tag holte mich allerdings das enttäuschende Gefühl des Verratenworden-seins ein, das ich so hartnäckig verdrängt hatte und das nun wie ätzende Säure in meinem Magen brannte.

Doch nicht nur Enttäuschung brannte in mir, auch Verletztheit, Zweifel und Wut, vor allem Wut. Ich verstand einfach nicht, warum Jason das getan hatte. Er hatte mir mehr als einmal seine Liebe gestanden, mich zu seinen Eltern mitgenommen und mir eine Katze geschenkt, verdammt noch mal! Wozu der Aufwand, wenn er mich doch hinterrücks betrog?

Andererseits hatte er ja offenbar nicht vorgehabt, mir seinen Seitensprung zu beichten. Was hieß, dass ich ihm genug bedeutete, um mit ihm zusammen zu sein, aber nicht genug, dass ich seine Einzige war?

Das passte doch vorne und hinten nicht zusammen. Aber da konnte ich so viel grübeln wie ich wollte, ich würde nicht dahinter kommen – nicht allein zumindest. Jason anzurufen und zur Rede zu stellen, kam jedoch überhaupt nicht infrage, zumal das beim letzten Mal ja auch keine Früchte getragen hatte. Aber vielleicht brauchte ich Jason gar nicht, vielleicht konnte mir da eine andere Person weiterhelfen.

»Warum muss ich eigentlich immer diejenige sein, die für dich spioniert?«, fragte Vicky gequält und sah das Telefon skeptisch an, dass ich ihr hinhielt. Es war ihres, mit dem sie Jason anrufen und herausfinden sollte, wer diese Rebecca war und wo wir sie finden konnten.

»Weil du nun mal seine beste Freundin bist und er es mir nicht sagen will«, erklärte ich und drückte es ihr in die Hand.

»Du sagst es, ich bin seine beste Freundin! Wie kommst du also darauf, dass ich ihn hintergehe?«

Ich verschränkte die Arme vor der Brust und sagte zuversichtlich:

»Weil du genauso scharf darauf bist, die Wahrheit zu erfahren wie ich, also zier dich nicht und ruf ihn an.«

Sie seufzte.

»Und was soll ich ihm sagen? Er wird sofort wissen, dass es von dir kommt.«

Ich ließ mich aufs Sofa sinken.

»Lass dir was einfallen. Du bist doch sonst so gerissen.« Nach außen hin tat ich zwar locker, aber im Inneren war ich zum Zerreißen angespannt. Falls Vicky es schaffte, ihre Adresse in Erfahrung zu bringen oder es irgendwie organisieren konnte, dass ich ihr über den Weg lief, dann könnte ich Rebecca über sie und Jason ausfragen und dann würde sich ja das Ausmaß seines Betruges aufklären.

Sie sah mich noch einen Moment unschlüssig an, dann wählte sie seine Nummer und hielt sich das Handy ans Ohr.

»Hi Jay«, sagte sie, als er Sekunden später abnahm.

»Was machst du?«, fragte sie. Meine Hände wanderten automatisch zu meinem Mund und eh ich mich versah, knabberte ich nervös an meinen Fingernägeln herum. Jason redete eine ganze Weile, in der Vicky nur *Ahas* und *Hmhms* von sich gab, schließlich sagte sie.

»Nein, ich wollte nur mal hören, wie es dir geht. Ich hoffe, du weiß, was du da tust, Junge.« Damit legte sie auf. Sie hoffte, er wüsste, was er tat?

»Was meinst du damit? Was macht er?«, wollte ich angespannt wissen.

Sie sah mich lange an, dann sagte sie:

»Er ist weg.«

»Was soll das heißen, er ist weg?«, fragte ich.

»Er ist gestern nach Kansas geflogen und kommt in einer Woche wieder.«

Ungläubig starrte ich sie an.

»Warum fliegt er während der Vorbereitungsphase auf die Prüfungen weg? Was macht er da zum Teufel?« Hatte er jetzt vollkommen den Verstand verloren? Vicky zuckte die Schultern und bedachte mich mit einem vorsichtigen Blick, den ich nicht ganz deuten konnte.

»Das hat er nicht gesagt.« Ich stieß ein Schnauben aus und schüttelte den Kopf. Ehrlich, ich würde zu gern wissen, was in seinem Genieschädel vor sich ging.

»Weißt du was? Eigentlich trifft sich das ganz gut, so kann ich Rebecca ausfindig machen und die Wahrheit aus ihr herausquetschen, ohne dass sich Jason einmischt«, meinte ich schließlich. Als Vicky meinem Blick auswich, setzte ich mich etwas auf.

»Was ist?«, wollte ich misstrauisch wissen.

»Da ist noch etwas, das du wissen solltest. Jason ist nicht alleine geflogen … er hat sie mitgenommen.« Ich starrte Vicky geschlagene zehn Sekunden an, so lange brauchte mein Hirn, um die Worte von ihrem Mund in meinen Kopf zu leiten und zu verarbeiten.

»Du … das ist ein Witz oder?«, fragte ich mit großen Augen.

»Ich fürchte nein«, erwiderte sie kleinlaut und sah mich an, als fürchte sie jeden Moment einen Ausraster. Doch was immer sie auch erwartet hatte, das mit Sicherheit nicht, denn ich konnte nicht anders als darüber zu lachen. Es war einfach urkomisch.

»Hast du jetzt vollkommen den Verstand verloren?«, fragte sie und beäugte mich besorgt.

»Angesichts der Tatsache, dass mich mein Freund betrogen hat und kurz darauf in die Flitterwochen fliegt, ja. Allmählich verliere ich wirklich den Verstand«, sagte ich und stand auf.

»Ich glaube, ich habe gerade wieder große Lust zu lernen«, fügte ich hinzu und eilte in mein Zimmer hinauf – die Tränen, die sich in meine Augen stahlen, blinzelte ich weg.

***

Zwei Tage später entschloss ich mich, meine Sachen aus Jasons Wohnung zu holen. Ich hatte seinen Ersatzschlüssel, und bevor er aus seinem Urlaub zurückkam, wollte ich meine Sachen aus seiner Wohnung haben. Gestern hatte ich mich wieder etwas hängen lassen und war in ein tiefes Loch aus Wut und Enttäuschung gefallen, was mich eine Menge Tränen und tröstende Worte von Vicky gekostet hatte, doch als ich heute Morgen aufgestanden war, hatte ich mir geschworen, nie wieder eine Träne für Jason zu verschwenden.

Ich war fertig mit ihm, ganz und gar! Nach der Uni fuhr ich direkt zu ihm, und als ich durch die Siedlung fuhr, in der er wohnte, fragte ich mich unwillkürlich, was geschehen wäre, wenn ich ihm in jener

Nacht nicht gefolgt wäre. Wie lange hätte er sein Spiel noch mit mir gespielt und wäre er überhaupt jemals auf mich zugekommen? Mir wurde schlecht bei dem Gedanken, sein Haus betreten zu müssen. Ich wollte das Sofa nicht sehen, auf dem wir unzählige Male gekuschelt hatten, wollte nicht in sein Schlafzimmer gehen und das Bett betrachten müssen, auf dem ich das erste Mal mit ihm geschlafen hatte, und überhaupt wollte ich gar nicht hier sein. Aber wenn ich meine Sachen wiederhaben wollte, musste ich genau das tun. Es war ja nur dieses eine Mal, tröstete ich mich entschlossen.

Als ich aus dem Wagen stieg und eine dunkelhaarige Frau vor seiner Tür stehen sah, hielt ich allerdings inne. Als hätte sie mich gehört, drehte sie sich um, und voller Überraschung erkannte ich Jasons Mutter.

»Elena. Was machst du denn hier?«, fragte ich verblüfft und warf die Wagentür zu. Jason war doch nicht etwa früher zurückgekommen? In diesem Fall würde ich augenblicklich umdrehen und das Weite suchen!

»Claire, ich versuche seit gestern, dich zu erreichen«, äußerte sie vorwurfsvoll und kam erleichtert auf mich zu. Ich erinnerte mich vage daran, dass ich mein Handy ausgeschaltet hatte, damit mich niemand in meiner Trauerphase stören konnte. Offenbar hatte ich es seitdem nicht mehr eingeschaltet. Elena war adrett gekleidet wie immer, trug elegante Heels und eine angenehme Parfümwolke mit sich herum.

»Kannst du mir vielleicht erklären, wo mein Sohn abgeblieben ist? Er geht seit Tagen nicht an sein Handy und allmählich mache ich mir ernsthafte Sorgen«, sagte sie, die Stirn kraus gezogen. Ich schluckte befangen. Wie sollte ich ihr das nur erklären?

»Hat er dir das nicht gesagt? Er ist vor ein paar Tagen nach Kansas geflogen«, erwiderte ich. Ich wollte an ihr vorbeigehen und die Tür aufschließen, doch bei dem Wort *Kansas* wurde sie eigenartig blass.

»Alles in Ordnung?«, fragte ich und blieb auf halbem Weg stehen.

»Äh, ja, alles bestens«, gab Elena zurück, wirkte aber plötzlich durcheinander. Ich konnte förmlich sehen, wie sich ihre Gedanken überschlugen, und fragte mich, was ihr an meiner Antwort so zusetzte.

»Hat er, äh, gesagt, was er dort will?«, erkundigte sie sich und folgte mir mit klackernden Schritten hinein. Ich hatte absolut keine Ahnung, was plötzlich mit ihr los war.

»Nein, er …« Und dann beschloss ich, ihr von unserer Trennung zu erzählen. Es brachte ohnehin nichts, zu lügen, denn früher oder später würde sie es von ihrem Sohn erfahren.

»Wir … sind nicht mehr zusammen. Ich habe Schluss gemacht«, sagte ich vorsichtig und kaute auf der Innenseite meiner Wange herum. Warum fühlte sich mein Herz nur gerade an, als würde es aufreißen? Schluss zu machen war die beste Entscheidung, die ich angesichts seines Verrates hatte treffen können. Eigentlich sollte ich doch erleichtert sein!

»Du meine Güte, warum das denn?«, fragte sie und ließ sich schockiert auf den Küchenstuhl sinken. Äh, ich sollte ihr den Grund nennen?

»Weißt du, ich will deinen Sohn nicht vor dir schlecht machen«, sagte ich, denn so abscheulich Jason auch gewesen war, so etwas sollte man einer Mutter nicht erzählen.

»Tu dir keinen Zwang an, ich kenne meinen Sohn, und wenn er Mist gebaut hat, kannst du es mir ruhig sagen«, forderte sie mit einer wegwerfenden Handbewegung. Nun, wenn sie unbedingt wollte.

»Er trifft sich seit einigen Wochen mit einem unbekannten Mädchen. Ich habe sie jetzt zwei Mal zusammen gesehen, und da er mir partout nicht sagen will, wer sie ist … kann ich ihm nicht mehr vertrauen.« Das war nur die halbe Wahrheit, aber ich brachte es einfach nicht über mich, ihr zu sagen, dass er mich betrogen hatte. Das konnte ich seiner Mutter nicht antun und mir auch nicht.

»Das ist empörend, einfach nur empörend«, murmelte sie und hielt sich die Hand vor den Mund.

»Ich kann es auch kaum glauben, aber offenbar hat diese Rebecca es ihm angetan. Nun, ich bin eine gute Verliererin, und wenn er sein Glück gefunden hat, will ich ihm natürlich nicht im Weg stehen«, sagte ich in unbeschwertem Ton. Von wegen! Auch wenn der Verrat schon über eine Woche zurücklag, fühlte sich mein Herz an, als habe es man durch den Fleischwolf gedreht. Plötzlich sah Elena ruckartig auf.

»Sagtest du gerade Rebecca?«, fragte sie mit großen Augen.

»Ja, so heißt sie.«

»Und er ist nach Kansas geflogen, sagst du?«
»Äh, ja«, bestätigte ich verwirrt. Elenas Blick verfinsterte sich, nur um dann in Erkenntnis aufzuleuchten.
»Weißt du zufällig, wie sie mit Nachnamen heißt?«
Ich schüttelte den Kopf.
»Nein, warum? Kennst du sie?« War sie vielleicht eine Verflossene von Jason? Konnte Elena mir mehr über das mysteriöse Mädchen erzählen?
Elenas Gesicht nahm einen undefinierbaren Ausdruck an, dann klopfte sie auf den Stuhl vor ihr und sagte:
»Setz dich, ich muss dir etwas erzählen.« Meine Beine fühlten sich plötzlich ganz taub an, aber ich nickte stumm und folgte ihrer Aufforderung. Was würde nun kommen? Elena holte tief Luft, bevor sie mir fest in die Augen sah und erzählte:
»Das wird jetzt vielleicht etwas überraschend kommen, aber Jason ist nicht unser leiblicher Sohn. Wir haben ihn im Alter von elf Jahren adoptiert und aus einer verkorksten Familie geholt. Du musst wissen, dass ich selbst keine Kinder bekommen kann, und als wir damals in den Nachrichten von einem tragischen

Familiendrama erfuhren, wurden mein Mann und ich aufmerksam. Du musst wissen, dass wir schon länger mit dem Gedanken gespielt hatten, ein Kind zu adoptieren, und dann sah ich plötzlich diesen kleinen Jungen vor der Tankstelle, wie er ein Käsesandwich stahl, weil er kurz vor dem Verhungern war. Ich kannte ihn, alle kannten die Familie Colby, vor allem, weil sein Vater wegen Mordes zu lebenslanger Haft verurteilt worden war.

Ich wusste, dass seine drogenabhängige Mutter Probleme mit dem Amt hatte, denn mit fünf Kindern und wenig Einkommen konnte sie ihre Familie nicht ernähren. Als der Verkäufer der Tankstelle Jason erwischte und die Polizei rufen wollte, hatte ich Mitleid mit dem armen Jungen und redete dem Mann gut zu.« Sie verstummte kurz und lächelte über die längst vergangene Geschichte. Ich musste tief Luft holen, um die Informationen zu verarbeiten. Ich hatte je keine Ahnung gehabt, weder von seiner Adoption, noch von seinen schrecklichen Familienverhältnissen. Nach einer kleinen Pause fuhr sie fort:

»Ich kaufte seinen gesamten Sandwichbestand auf, gab ihn Jason mit und fuhr ihn nach Hause. Ich brachte ihn bis vor den heruntergekommenen Trailer, als seine Mutter die Tür öffnete und mich mit Tränen überströmtem Gesicht empfing. Ich sah es in ihren Augen, sah, dass sie vollkommen verzweifelt und überfordert war und unterbreitete ihr den Vorschlag, Jason zu adoptieren. Ich wusste, dass man ihr die Kinder bald wegnehmen würde, und sie wusste es ebenfalls, also nahm ich sie mit zu mir nach Hause und zeigte ihr, wie gut er es haben würde.

Ich hatte einen festen Job, Geld und früher sogar als Erzieherin gearbeitet, also gab mir das Amt grünes Licht, und wir adoptierten ihn.« Als Elena endete, glitzerten Tränen in ihren Augen, und sie wischte sie mit einem entschuldigenden Lächeln weg. Mir war schwer ums Herz, denn nie hätte ich damit gerechnet, dass Jason so eine schreckliche Kindheit gehabt hatte.

Aber so grauenvoll seine Vergangenheit auch gewesen sein mochte, ich wusste beim besten Willen nicht, warum das sein heutiges Verhalten entschuldigen sollte. Als ob sie meine Gedanken gelesen hätte, sagte Elena.

»Aber das ist nicht das Ende der Geschichte. Jasons Mutter war uns dankbar, dass wir ihn aufgenommen hatten, doch waren bei Weitem nicht alle Familienmitglieder so verbunden. Nach monatelangem Hin und Her wurde bekannt, dass die Kinder bei Julia bleiben würden.

Niemand wollte seine Geschwister adoptieren, und irgendwann stellte das Amt, aus welchen Gründen auch immer, die Vermittlung ein. Jason hatte also ein neues Zuhause gefunden, aber seine älteren Brüder und jüngeren Geschwister mussten weiterhin in einer verwahrlosten Wohnung hausen. Drei Jahre später, Jason war vierzehn Jahre alt, schafften es seine Brüder, ihn in den Drogensumpf zu ziehen, und Jason begann, die Schule zu schwänzen und ungehorsam zu werden. Ich versuchte, mit seiner Mutter zu reden, aber sie hatte sich verändert.

Sie bezeichnete mich als versnoppte … nun ja, sie warf mir unschöne Worte an den Kopf und forderte ihn von mir zurück. Da war es an der Zeit, Kansas zu verlassen und woanders hinzuziehen.

Wir wollten Jason von seiner Familie weghaben, so schrecklich es auch für ihn war, aber das war der einzige Weg, ihn wieder auf den rechten Pfad zu bringen. Zu Beginn war Jason natürlich unheimlich wütend auf uns und rebellierte, aber nachdem er hier Freunde gefunden hatte und Normalität in sein Leben eingekehrt war, besserte er sich. Er wurde sogar richtig gut in der Schule, entwickelte sich zu einem Genie und ließ die Drogengeschichte hinter sich. Heute ist er uns dankbar, dass wir weggezogen sind, aber so sehr er es auch versucht, seine Familie lässt ihn einfach nicht in Ruhe.

Er hat es für eine Weile geschafft, den Kontakt zu ihnen abzubrechen, aber seit vier Jahren bedrängen sie ihn wieder. Irgendwie haben sie unsere Nummern herausgefunden, und nun wird er ununterbrochen gebeten, zu ihnen zurückkommen und ihnen Geld zu schicken.

Das belastet ihn sehr, Claire, vor allem, weil er nicht so herzlos sein und sie einfach ignorieren kann. Soweit ich weiß, wusste bis vor Kurzem keiner aus seiner Familie, wo wir leben, doch als er vor einigen Monaten in den Nachrichten erschien, haben sie ihn gefunden.«

In der Sekunde wurde mir das Ausmaß ihrer Worte erst richtig bewusst. Jason hatte den Kontakt zu seiner Familie so rar wie möglich gehalten, und das hatte auch wunderbar funktioniert … bis ich ihn vor einigen Monaten vor Gericht gebracht hatte, und nun wurde er wieder belästig.

»Diese Rebecca ...«, fing ich an, doch Elena kam mir zuvor: »... ist seine Halbschwester und offenbar haben sie sie hierhergeschickt, damit sie Jason um Geld bittet.« Wie ein Blitzlichtgewitter schlugen vergangene Bilder über mir ein: Jason, wie er das Telefonat in der Küche führte und verärgert auflegte, wie er Rebecca grob am Arm packte, um sie zum Gehen zu bewegen, wie er ihr das Geld zusteckte, das seine Familie so hartnäckig von ihm verlangte. Und all das nur meinetwegen, weil ich ihn irrtümlich wegen versuchter Vergewaltigung angeklagt hatte.

Ich fühlte mich schrecklich und wünschte, ein Loch würde sich im Boden auftun, um mich und all meine schrecklichen Taten zu verschlingen.

»Gott, das ist alles nur meine Schuld«, sagte ich und vergrub das Gesicht in den Händen. Elena beugte sich nach vorn und tätschelte meine Schulter.

»Ist es nicht, und das weißt du. Früher oder später hätten sie ihn gefunden.«

»Aber warum hat er mir nichts gesagt? Ich hätte ihm doch helfen können«, murmelte ich mit drückender Brust.

»Das ist etwas, das er alleine regeln wollte, und aus zuverlässiger Quelle weiß ich, dass er dich um alles in der Welt da raushalten wollte.«

»Aber warum?«, fragte ich.

»Ist das nicht offensichtlich? Er will dich beschützen, Claire. Seine Familie hat sein ganzes Leben zerstört und nun, wo er sich ein normales Leben aufgebaut hat, drohen sie, ihn wieder einzuholen. Erinnerst du dich an euren Besuch bei uns, als mein Mann Jason um ein Gespräch bat? Da sagte er ihm, dass sie uns rund um die Uhr belästigen und ständig nach ihm fragen.« Sie seufzte schwer.

»Irgendwie kann ich sie ja auch verstehen. Sie sind arm und perspektivlos und Jason ist der einzige von ihnen, der es zu etwas gebracht hat und der sie unterstützen kann, aber sie nehmen keinerlei Rücksicht auf seine Gefühle und dass sie ihn wieder mit runter ziehen könnten.

Und weil sich Jason in letzter Zeit so hartnäckig geweigert hat, haben sie Rebecca hergeschickt. Sie ist zwar nicht seine leibliche Schwester, aber er liebt sie über alles und er würde alles für sie tun. Sie wissen das, und deshalb haben sie sie geschickt. Er konnte also gar nicht anders, als ihr zu helfen.«

»Und ich habe ihn der Untreue beschuldigt und vor die Tür geworfen«, stöhnte ich gequält. Ich war so ein Miststück!

»Du konntest es ja nicht wissen«, beschwichtigte sie mich. Aber stimmte das auch? Ich hätte ihm zum Beispiel vertrauen können, wie Vicky gesagt hatte, doch das hatte ich nicht. Ich hatte die beiden vor dem Hotel entdeckt und sofort rot gesehen. Gott, am liebsten würde ich alles stehen und liegen lassen und nach Kansas fliegen, nur um mich in aller Demut bei ihm zu entschuldigen.

Ja, das wäre wohl am besten. Vielleicht war es die Entschlossenheit in meinem Gesicht, die sie vorwarnte, denn Elena sagte sofort:

»Falls du jetzt vorhast, zu Jason zu fliegen, überlege es dir noch einmal. Er hat dich von seiner Familie ferngehalten, weil er dich schützen will und weil er sich ihrer schämt. Lass ihn dort unten tun, was er tun muss, und wenn er wieder hier ist, könnt ihr euch in Ruhe aussprechen. Jetzt zu ihm zu fliegen und ihn zu überrumpeln, wäre kontraproduktiv – glaub mir.« Ich sollte warten, bis er wieder hier war? Das würde ich nicht aushalten. Ich musste mich sofort bei ihm entschuldigen. Doch sie hatte recht. Ich durfte ihm die Entscheidung nicht abnehmen. Es war *seine* Familie, und wenn er nicht wollte, dass ich sie kennenlernte, musste ich das akzeptieren. Vielleicht war er ja irgendwann dazu bereit, denn ich würde sie gern mal treffen. Sie waren ein Teil von ihm, egal, wie sehr er es zu verdrängen versuchte, und ich wollte auch diesen Part von ihm kennenlernen.

»Gut, ich werde warten, aber wenn ich ihn nicht sofort anrufe, platze ich vor schlechtem Gewissen«, sagte ich aufgewühlt. Sie nickte verständnisvoll und erhob sich.

»Es wird Zeit für mich, nach Hause zu fahren. Du weißt jetzt alles, was du wissen musst.« Ich folgte Elena hinaus, meine Sachen ließ ich hier, denn die brauchte ich nun nicht mehr. Vor der Tür fiel ich ihr in die Arme und drückte sie fest an mich, wobei ich die Tränen nicht mehr länger zurückhalten konnte.

»Du hast unsere Beziehung jetzt schon das zweite Mal gerettet. Ich weiß wirklich nicht, wie ich dir danken soll«, meinte ich mit erstickter Stimme.
Aufmunternd klopfte sie mir auf den Rücken.
»Dafür sind Schwiegermütter doch da. Tu mir nur einen Gefallen: Nimm es ihm nicht übel, dass er es dir verheimlicht hat. Das ist ein Teil von ihm, den er nur allzu gerne in der Vergangenheit begraben würde«, bat sie.
Aber wie könnte ich jetzt noch sauer auf Jason sein? Nein, alles, was ich wollte, war, mich mit ihm auszusprechen. Wir verabschiedeten uns und fuhren in verschiedene Richtungen, und ich konnte es kaum erwarten, mein Handy aufzuladen und Jason anrufen.

Kapitel 11

Doch das gestaltete sich schwieriger als erwartet, denn als mein Handy aufgeladen war und ich Jasons Nummer wählte, meldete sich nur seine Mailbox. Also blieb mir nichts anderes übrig, als mich zu beschäftigen und zu versuchen, nicht alle paar Minuten auf mein Handy zu blicken und auf einen Rückruf zu warten.

Als Vicky nach Hause kam, bombardierte ich sie mit den, zumindest in meinem Fall, erfreulichen Nachrichten und klärte sie über das große Missverständnis auf. Schließlich machte sie ein erleichtertes Gesicht.

»Wow, das ist mal ne Geschichte. Ich kann's kaum glauben, andererseits bin wirklich froh, dass sich das aufgeklärt hat … auch wenn Jason dabei der Leidtragende ist.«

»Geht mir genauso so«, stimmte ich zu.

»Ich weiß nicht, ob ich vor Freude oder vor Mitgefühl heulen soll. Was seine Familie da mit ihm macht, ist einfach nur schrecklich, gleichzeitig tun sie mir aber auch leid. Was für ein Schlamassel.« Vicky nickte zustimmend.

»Unglaublich, dass er uns all die Jahre hinters Licht geführt hat. Ich nehme es ihm nicht übel, ich hätte wahrscheinlich dasselbe getan, aber ich hätte nie im Leben erwartet, dass er adoptiert ist«, murmelte sie wie zu sich selbst. Wir redeten noch den ganzen Abend weiter, wobei ich mein Handy fest umklammert hielt, doch Jason rief nicht zurück. Am nächsten Morgen schaute ich als Erstes auf das Display, doch es hatte sich immer noch nichts getan.

Ich ließ erneut durchklingeln, aber wieder meldete sich nur die Mailbox. Gott, das war zum Verrücktwerden! In den nächsten Tagen war ich zu nichts zu gebrauchen, denn nicht nur, dass Jason sich nicht meldete, er blieb auch länger weg als ursprünglich gedacht. Zumindest zeigte mir ein kurzer Abstecher zu ihm, dass sein Haus leer stand und er noch nicht zurück war.

»Bist du sicher, dass er eine Woche gesagt hat?«, fragte ich Vicky zum hundertsten Mal. Wir saßen am Küchentisch und aßen zu Mittag.

»Ja, absolut «, antwortete sie und klang keineswegs genervt. Wahrscheinlich hatte sie Mitleid mit mir, denn ich war die letzten Tage das reinste Nervenbündel gewesen. Nicht nur, dass ich von Schuldgefühlen innerlich zerfressen wurde, die Sorge wuchs auch in mir, dass Jason irgendetwas zugestoßen sein könnte, oder dass ich ihn so tief verletzt hatte, dass er gar nicht mehr zurück wollte.

War doch möglich, immerhin hatte ich ihm schreckliche Dinge an den Kopf geworfen.

»Nun mach mal halblang. Jason saß deinetwegen schon hinter Gittern«, erinnerte Vicky mich auf mein Gejammer hin und klang fast belustigt. »Und wenn er dich damals schon zurückgenommen hat, dann wird er das jetzt auch tun. Du bist nun mal ein unverbesserlicher Sturkopf, das wissen wir alle.« Sie zwinkerte mit den Augen, wohl, um mich aufzumuntern, doch ich brachte nur ein schwaches Lächeln zustande.

»Aber wenn er mich morgen nicht anruft, fliege ich nach Kansas!«, drohte ich an. Ich hielt die Ungewissheit und die Schuldgefühle einfach nicht mehr aus. Lächelnd schüttelte sie den Kopf und wandte sich wieder ihrer Lasagne zu. Ich dagegen schob den vollen Teller appetitlos von mir und sah stattdessen aus dem Fenster, wo sich der Himmel erbarmungslos über uns ausschüttete.

***

In dieser Nacht sprach ich ihm auf die Mailbox:
Hey, Jason, deine Mutter hat mir alles erzählt, über deine echte Familie … und deine Vergangenheit. Ich wollte dir nur sagen, dass ich ein Idiot gewesen bin und es mir schrecklich leid tut, bitte ruf mich zurück.
Ich hoffte so sehr, dass er wenigstens seine Mailbox abhörte und bald wieder zurückkam. Ich vermisste ihn, ich wollte nichts lieber, als mich fest in seine Arme zu kuscheln und ihn an mich zu drücken. Es tat mir alles so leid. Doch auch am nächsten Tag hörte ich nichts von ihn. Es war zum Haareraufen!

»Ich helfe Lynn und ihrem Vater im Restaurant aus, willst du mit?«, fragte Vicky mich, obwohl sie die Antwort bereits kannte. Seit Tagen hing ich vor dem Küchenfenster herum, wie die berühmte Loreley auf dem einsamen Felsen, die auf ihren Liebsten wartete, und ich hatte nicht vor, mich vom Fleck zu bewegen – nicht, bevor sich Jason meldete oder hier auftauchte. Als ich dankend ablehnte, verabschiedete sie sich mit einem Winken und fuhr davon. Am späten Abend, ich hatte es mir auf dem Sofa gemütlich gemacht und schaute einen Horrorfilm, der in etwa so gruselig war wie Disneys Cinderella, vibrierte plötzlich mein Handy.

Endlich!, dachte ich erleichtert und Adrenalin schoss durch meinen Körper. Würde er herkommen? Würde er mir verzeihen? Ich öffnete die Nachricht mit zittrigen Händen, doch zu meiner Enttäuschung war es nicht Jason, der mir schrieb, sondern Taylor. *Stehe vor deinem Tor. Kommst du raus? Ich will dir dein Geschenk überreichen.* Auch wenn die Enttäuschung wie Säure in meinem Magen brannte, lächelte ich schwach und schlug die Kuscheldecke zurück.

Es war nicht Jason, aber wenigstens würde Taylor mich mit seinem Geschenk aufmuntern. Ich schlüpfte in meine bequemen Sneakers, lief zur Tür und öffnete sie. Ein eiskalter Schauer jagte durch meinen Körper, als sich die Kälte einen Weg durch meine Kleidung suchte. Es hatte erst vor wenigen Stunden aufgehört zu regnen, und so war der Boden von unzähligen Pfützen bedeckt. Ich wickelte meine Strickjacke fest um meinen Körper, ließ die Tür angelehnt und schritt durch den Vorgarten.

»Sicher, dass du es mir nicht drinnen geben willst?«, rief ich meinem Kumpel zu, der vor dem Tor wartete. Es war zwar dunkel, doch ich erkannte Taylor an seiner breiten und hochgewachsenen Statur. Konnte es sein, dass er in den letzten Wochen an Muskeln zugelegt hatte? Auch wunderte ich mich, dass nirgends sein Geländewagen zu sehen war, als ich das Tor öffnete und meinen Irrtum erkannte. Es war nicht Taylor, der mich vor der Pforte erwartete, und bevor ich den Mund öffnen konnte, trat Kate hinter der Hecke hervor und schlug mir ins Gesicht.

Ich war so überrascht, dass ich nach hinten kippte und in einer großen Pfütze landete. Mein Kopf schlug unsanft auf dem harten Boden auf, und ich biss mir vor Schreck auf die Zunge. Blut sammelte sich in meinem Mund und meine Haare saugten sich mit schmutzigem Wasser voll. Benommen tastete ich über mein brennendes Auge, dort, wohin sie mich geschlagen hatte, und zuckte vor Schmerz zusammen, dann rappelte ich mich vorsichtig auf.

»Das ist dafür, dass du mir meinen Freund weggenommen hast«, knurrte sie und starrte mich hasserfüllt an. Ich musterte den bulligen Typen an ihrer Seite, der nun ganz und gar nicht wie Taylor aussah. Sein Schädel war kahlrasiert und an seinem Hals schlängelten sich schwarze Tattoos. Er sah unfreundlich und ganz und gar nach Schlägertyp aus.

»Wo ist Taylor?«, wollte ich wissen und hielt mir das schmerzende Auge. Sie lachte höhnisch, und ich brauchte ihre Augen nicht zu sehen, um zu wissen, dass sie bis oben hin zugedröhnt war. Das erkannte ich auch ganz gut an ihrer lallenden Stimme. Sie hielt ein Handy in die Höhe und verkündete stolz:

»Das habe ich ihm vorhin abgenommen, als er mich deinetwegen aus seiner Wohnung geschmissen hat.« Meinetwegen?

»Aber woher weißt du von meinem Geschenk?«, fragte ich und sah mich unauffällig um. Es waren keine weiteren Leute zu sehen, wenn ich schnell war, würde ich es also ins Haus schaffen und die Polizei rufen können. Ich zweifelte nämlich keinen Augenblick daran, dass sie ihren bulligen Kumpel mitgebracht hatte, um mir eine Abreibung zu verpassen.

»Ich habe es auf seinem Schreibtisch gesehen. Ich dachte, es sei für mich, aber als ich es auspacken wollte, erklärte er mir, dass es dein Geschenk sei. Du kannst dir vorstellen, dass ich stinkwütend war, und da ist es mir *aus Versehen* heruntergefallen«, erklärte sie höhnisch.

»Dazu hattest du kein Recht«, sagte ich wütend, was sie aus irgendeinem Grund wieder zum Lachen brachte.

»Genauso, wie du kein Recht hattest, mir meinen Freund wegzunehmen. Er war fertig mit dir, bis du wieder aufkreuzen und dich in unsere Beziehung einmischen musstest«, rief sie aufgebracht. Gott, diese Frau kapierte es einfach nicht!

Ich wandte mich an ihren Begleiter, der nicht so aussah, als wäre er allzu helle im Kopf, trotzdem versuchte ich, an seinen gesunden Menschenverstand zu appellieren.

»Ich weiß nicht, womit sie dich erpresst hat, aber willst du wirklich für die Rachegelüste einer Frau ins Gefängnis wandern? Denn, wenn du mich auch nur anfasst, werde ich dich anzeigen. Glaub mir, dass ist es nicht wert.« Doch wenn ich mir irgendeine gesunde Reaktion erhofft hatte, so enttäuschte er mich. Er blinzelte, dann sah er Hilfe suchend zu Kate, als sei er sich nicht sicher, wie er auf meine Worte reagieren sollte.

Bevor sie den Mund aufmachen konnte, drehte ich auf dem Absatz um und rannte auf die Haustür zu, doch ich hatte ihren Begleiter unterschätzt. Denn er war zwar massig, dafür aber mit längeren Beinen ausgestattet und somit um einiges schneller als ich. Er brauchte nur wenige Sekunden, um mich einzuholen, und kurz, bevor ich die Tür erreichte, zog er mich an der Jacke zurück. Er brachte mich ins Straucheln und beförderte mich mit einem unsanften Stoß zu Boden.

Nun hockte ich wieder auf dem Boden und war keinen Schritt weiter. Wenn ich doch nur an mein Handy kommen könnte, doch dieses lag wohl behütet auf dem Sofa, wo es mir sehr viel nützte! Wie ein

Racheengel ragte Kate plötzlich über mir auf und schaute hämisch auf mich herab.

»Sie gehört dir, verpass ihr eine Abreibung«, befahl sie ihrem Begleiter, als dieser auch schon die Knöchel knacken ließ. Verdammt, sie meinte es wirklich ernst.

»Was, du lässt ihn die Drecksarbeit machen?«, rief ich ihr provozierend hinterher, als sie davon schlenderte. Vielleicht nicht das Klügste, aber so viel Feigheit war mir unbegreiflich. Ich meine, da hatte sie ein Hühnchen mit mir zu rupfen, und anstatt es selbst zu tun, schickte sie einen Schlägertypen vor – wie armselig war das denn bitte? Doch falls ich gedacht hatte, dass sie darauf reagieren würde, irrte ich mich gewaltig. Sie spazierte seelenruhig weiter, bis ihr ein gelber Wagen entgegenkam und sie erschrocken zur Seite sprang.

»Taylor«, sagte ich erleichtert, als ich den gelben Geländewagen erkannte. Schlitternd kam er zum Stehen, und heraus sprang ein äußerst wütender Footballspieler.

Er warf Kate einen finsteren Blick zu und eilte mit schnellen Schritten zu mir. Als er an ihr vorbei war, drehte sie sich mit einem erschrockenen Gesichtsausdruck zu uns um und beobachtete, wie er mir näher kam. Offenbar war es nicht geplant gewesen, dass Taylor sie auf frischer Tat ertappte.

»Wenn du weißt, was gut für dich ist, dann zieh auf der Stelle Leine«, knurrte Taylor und schlug demonstrativ mit einem Baseballschläger in seine Handfläche. Der Typ hob langsam die Hände und wandte sich dann rückwärts zum Gehen, wobei er Taylor nicht aus den Augen ließ.

»Du verdammter Feigling, bleib sofort hier!«, hörte ich Kate zischen, doch er dachte nicht dran und zog sich eilig zurück.

»Alles in Ordnung?«, fragte mein Retter und half mir auf. Als ich wieder in der Senkrechten stand, bemerkte er mein geschwollenes Auge.

»War er das?«, wollte er grollend wissen.

»Nein, das war deine liebenswürdige Exfreundin«, erwiderte ich und warf ihr einen düsteren Blick zu. Sie hatte sich nicht vom Fleck bewegt, als hoffte sie, dadurch unsichtbar zu werden.

»Gott, Kate, was hast du nur getan?«, fragte er und klang mit einem Mal ziemlich erschöpft.

»Ich kann nichts dafür, es ist ihre Schuld«, verteidigte sie sich und das so heftig, als hätte er sie des Mordes beschuldigt.

»Ich habe ihr gesagt, dass sie es bereuen würde, wenn sie dich mir wegnimmt, und als ich das Geschenk gesehen habe, …« Sie brach ab und holte tief Luft. Wow, man könnte fast meinen, *sie* wäre hier das Opfer, so leidend wie sie ihn anschaute.

»Gib mir mein Handy«, verlangte er unbeeindruckt und näherte sich ihr. Wie ein geprügelter Hund zog sie es aus ihrer hinteren Hosentasche und reichte es ihm. Was für eine Schauspielerin! Und als wäre der Abend nicht schon chaotisch genug, hielt plötzlich ein weiteres Auto neben Taylors Jeep - ein Wagen, dessen Anblick mein Herz höher schlagen ließ.

»Da rennt einer die Straße entlang, als sei der Leibhaftige selbst hinter ihm her. Gehört der zu euch?«, fragte Jason schmunzelnd, stoppte aber als er den Baseballschläger in Taylors Hand und mein blaues Auge sah.

»Hätte ich den Typen überfahren sollen?«, erkundigte er sich und versuchte, heiter zu klingen, doch seine Blick ruhte nun wachsam auf Taylor.

»Nein, das hübsche Veilchen habe ich Kate zu verdanken«, sagte ich und deutete hinter ihn. Jasons Blick verharrte noch einen Moment auf meinem Gesicht, und so viele Emotionen spiegelten sich darin wider, dann drehte er sich um und bedachte Kate mit einem wütenden Blick. Ich muss gestehen, Jason hier zu sehen, ließ meine Gefühlsküche brodeln. Tagelang hatte ich mir gewünscht, ihn endlich wieder bei mir zu haben und nun, wo er hier war, schlotterten mir die Knie. Es kam mir vor, als wäre er noch schöner geworden und als hätten sich meine Gefühle für ihn verdreifacht.

»Und darf ich erfahren, warum du meine Freundin schlägst?«, fragte er kühl. Bei dem Wort *Freundin* drohte mir das Herz vor Freude aus der Brust zu springen. Nach allem, was geschehen war, nach allem, was ich ihm an den Kopf geworfen hatte, nannte er mich immer noch seine Freundin!

Plötzlich machte sich ein hämisches Grinsen auf Kates Gesicht breit, das mir überhaupt nicht gefiel.

»Bist du sicher, dass sie deine Freundin ist? Claire fährt nämlich gern zweigleisig, musst du wissen.« Als wir sie alle fragend anschauten, lachte sie laut.

»Ach, hat sie dir etwa gar nicht gesagt, dass sie Taylor neulich besucht hat?«, erkundigte Kate sich und spielte dabei geschickt die Überraschte.

Jason drehte sich fragend zu mir um, und ich erklärte:

»Das war der Tag, an dem ich dich über Drogenkonsum ausgefragt habe, es …«, ich sah kurz zu Taylor, »hatte mit ihm zu tun.« Doch mein Zögern war unbegründet, denn Taylor schien das überhaupt nicht unangenehm zu sein. Im Gegenteil, er bekräftigte mich auch noch.

»Ich war flüchtig in ein schwarzes Loch gefallen, und Claire war so freundlich, mich wieder wachzurütteln
«, erklärte er mit einem schiefen Lächeln.

»Seht ihr, was sie für ein Flittchen ist? Sie belügt euch beide«, versuchte Kate es weiter.

»An deiner Stelle würde ich ganz schnell den Mund halten. Du hast schon genug angerichtet«, zischte Taylor und packte sie grob am Arm.

»Was soll mit ihr geschehen? Willst du Anzeige erstatten?«, wandte er sich an mich. Ich sah zu Kate, deren Augen groß wurden, und schüttelte den Kopf. Das bisschen Mitleid, das ich mal für sie empfunden hatte, war mit dem heutigen Tag vollkommen erloschen, aber ich wollte ihr das Leben nicht noch schwerer machen. Sie war schon genug bestraft und sollte sich lieber darum kümmern, wieder clean zu werden. Taylor nickte dankend.

»Ich werde mich um sie kümmern«, sagte er und zog sie mit sich, dann hielt er noch einmal inne und drehte sich zu mir um.

»Ach, und wegen deines Geschenks, das muss ich dir wohl ein anderes Mal geben.« Ich lächelte.

»Mach dir keine Umstände, es ist schon Geschenk genug, dass du wieder auf den Beinen bist.« Er warf mir noch ein schiefes Lächeln zu und lief dann weiter.

Jason und ich sahen ihnen nach, bis sie ins Auto gestiegen und davongefahren waren, dann wanderte Jasons Blick zu mir.

»Bringen wir dich erst mal rein, bevor du dich erkältest. Du bist ganz durchnässt«, meinte er fürsorglich und fuhr hauchzart über mein geschwollenes Auge.

Seine Berührung war zurückhaltend, genau wie seine ganze Körperhaltung. Er wusste wohl nicht, wie er mir begegnen sollte, und ich ebenso wenig. Ich hasste es, wenn zwischen uns eine Mauer stand. Es fühlte sich schrecklich an, uneins und kalt.

»Tut es sehr weh?«, wollte er wissen, während er mich hineinführte.

»Eigentlich nicht«, erwiderte ich mit einer wegwerfenden Handbewegung. Und wie es wehtat, aber ich wollte im Moment über ganz andere Dinge sprechen als über mein Auge. Drinnen angekommen lief ich in mein Zimmer und entledigte mich meiner schmutzigen Sachen. Dann schlüpfte ich in eine saubere Jogginghose, zog mir ein weißes Shirt über und lief ins Bad, um mir das Gesicht abzutupfen.

Mein Auge sah nicht halb so schlimm aus, wie es sich anfühlte. Es war zwar leicht geschwollen und an den Rändern gerötet, aber es würde nicht lange dauern, bis es wieder normal aussah. Als ich ins Erdgeschoss kam, stand Jason immer noch im Eingangsbereich. Die Hände hatte er tief in den Hosentaschen vergraben und seine Schultern waren hochgezogen.

»Komm rein«, sagte ich stirnrunzelnd und lehnte mich an den Küchentresen. Ich hatte mir aus dem Bad einen kalten Lappen geholt und hielt ihn mir ans Auge. Einäugig beobachtete ich, wie er seine Schuhe auszog, aus seiner Jacke schlüpfte und einen dunklen Rollkragenpullover entblößte, der sich wunderbar an seinen athletischen Körper schmiegte. Er sah zum Sterben schön aus.

»Warum hast du mir nichts von Taylors Problemen gesagt?«, fragte er, klang aber nicht vorwurfsvoll – höchstens neugierig. Ich hob die Schultern.

»Du hast den Eindruck gemacht, als hättest du etwas auf dem Herzen, und da wollte ich dich nicht damit belasten.« Er schenkte mir ein wehmütiges Lächeln.

»Ja, ich glaube ich bin dir eine Erklärung schuldig – für die ganze Geheimniskrämerei.«

»Braucht du nicht, deine Mom hat mir bereits alles erzählt«, winkte ich ab. Sein erstarrter Gesichtsausdruck sagte mir, dass er keine Ahnung hatte, wovon ich sprach.

»Deine richtige Familie in Kansas«, half ich ihm auf die Sprünge, doch sein Gesicht blieb überrascht.

»Du … weißt es längst?«, fragte er.

»Ich habe dir doch auf die Mailbox gesprochen«, meinte ich verwundert.

»Mein Handy ist mir in Kansas verloren gegangen. Ich vermute ganz stark … meine Brüder dahinter«, sagte er mit einem undefinierbaren Ton in der Stimme.

»Aber woher wusstest du dann … dass du herkommen sollst?«, fragte ich stockend.

»Wusste ich nicht, aber ich musste dich unbedingt sehen. Ich wollte dir alles erklären, weil ich es nicht mehr ausgehalten habe, dich weiter zu belügen. Gott, Claire, ich war so ein Idiot. Ich habe unsere Beziehung aufs Spiel gesetzt, nur weil ich mich für meine Vergangenheit schäme. Ich hätte von Anfang an ehrlich zu dir sein sollen.«

»Ich hätte nicht so gemein sein dürfen und dich einfach vor die Tür werfen sollen. Ich wusste, dass dich etwas bedrückt, aber anstatt dir zu vertrauen …«, murmelte ich, doch Jason unterbrach mich:

»Claire, du hast mich mit einer fremden Frau in einem Motel gesehen, wenn du anders reagiert hättest, wäre das eher ein Grund zur Besorgnis gewesen«, sagte er und schenkte mir mein geliebtes schiefes Lächeln. Mein Herz wärmte augenblicklich auf.

»Aber offenbar ist mir Elena da zuvorgekommen«, fügte er hinzu. Mir fiel auf, dass er sie das erste Mal bei ihrem Namen nannte, und ich fragte mich, ob er sie vorher nur *Mom* genannt hatte, um mich nichts merken zu lassen.

»Was hat sie dir erzählt?«, fragte er, und ich sah, dass die Anspannung allmählich von seinen Schultern fiel. Er sah nicht mehr so verkrampft aus wie vorhin, und auch ich entspannte mich allmählich. Die größte Hürde hatte uns Elena schon abgenommen, indem sie mich über seine Vergangenheit aufgeklärt hatte. Gott, ich liebte diese Frau!

»Sie hat mir erzählt, wie sie dich adoptiert hat, dass deine Brüder dich in die Drogenszene hineingezogen haben und dass ihr hierhergezogen seid, um neu anzufangen.« Plötzlich schluchzte ich, und als mir Tränen über das Gesicht liefen, war Jason mit wenigen Schritten bei mir.

»Was hast du?«

Ich wusste selbst nicht, warum ich gerade jetzt heulen musste, aber all die schrecklichen Gefühle, die ich in der letzten Woche verspürt hatte, schienen mit einem Mal über mich hereinzubrechen.

»Das ist alles nur meine Schuld. Hätte ich dich damals nicht vors Gericht gebracht, hätten sie niemals erfahren, wo du wohnst und du müsstest dich jetzt nicht damit herumschlagen«, schluchzte ich.

Er hob mein Kinn mit den Fingern an und zwang mich, ihm tief in die Augen zu sehen. Sie waren so dunkel und anziehend, dass ich das Gefühl hatte, hineingezogen zu werden.

»Dich trifft keine Schuld, Liebling, *keine*, hörst du? Wenn überhaupt, dann bin ich dafür verantwortlich. Anstatt mich meiner Familie und meiner Vergangenheit zu stellen, bin ich vor ihr geflohen und habe alle in meinem Freundeskreis angelogen. Ich habe mich für sie geschämt, ich wollte dieselbe perfekte Familie wie alle anderen haben, ohne Rücksicht auf Verluste. Aber ich habe *dich* verloren, ich war so fest entschlossen, dich aus meiner Vergangenheit rauszuhalten, dass ich sogar in Kauf genommen habe, dass du mich verlässt. Ich war anfangs sogar erleichtert, als du es getan hast, weil es mir erlaubte, zu meiner Familie zu fliegen, ohne dir Rechenschaft ablegen zu müssen.

Ich habe mein Handy ausgestellt, weil ich einen klaren Kopf behalten wollte, aber dann habe ich begriffen, dass sie mich immer verfolgen werden, dass ich diesen Teil von mir nicht hinter mir lassen kann und dass ich es dir sagen muss.« Er schloss die Augen und presste seine Stirn gegen meine.

»Kannst du mir verzeihen?«, fragte er. Ich seufzte erleichtert.

»Natürlich, was für eine Frage«, sagte ich mit einem schwachen Lächeln, dann lagen seine Lippen schon auf meinen. Augenblicklich lösten sich alle negativen Gedanken in Luft auf, und ein wunderbares Kribbeln durchfuhr mich.

Es war unwichtig, was geschehen war, bedeutungslos, wie viele Tränen ich vergossen hatte, belanglos, wer eigentlich im Recht und im Unrecht war. *Das* war der Zauber des Versöhnens.

Er hatte die Macht, alle schrecklichen Gefühle verpuffen zu lassen und in etwas Wunderbares zu verwandeln. Liebe.

Ich liebte Jason über die Maßen, und weil sich in seinem Kuss alle Gefühle widerspiegelten, wusste ich, dass er genauso empfand. Nichts war mehr wichtig, nur wir zwei.

***

Irgendwann löste ich mich mit einem Quieken aus seiner Umarmung.

»War ich zu grob?«, fragte er und lehnte sich zurück, um mich ansehen zu können.

»Nein«, sagte ich und betastete vorsichtig meine gerötete Stelle.

»Du bist nur an mein Auge gekommen«, erklärte ich. Er gab mir einen sanften Kuss auf die Stirn, der alle Nervenenden in meinem Körper explodieren ließ, und ging ins Bad, um den Lappen neu anzufeuchten.

»Ich kann nicht glauben, dass sie dich geschlagen hat. Und der Typ auf der Straße? Hat er dich auch angefasst?«, fragte er mit schneidender Stimme, als er wiederkam. Seinem Blick nach zu urteilen, würde er in diesem Fall nicht mehr lange unter uns weilen. Ich schüttelte den Kopf.

»Das war nur ein armer Trottel, dem sie wahrscheinlich Dope versprochen hat.«

»Und Taylor hat sich wirklich so fallen lassen, ja?«, wollte er beiläufig wissen und legte den Lappen vorsichtig auf mein Auge.

»Ich frage mich, was ihn da geritten hat.«

Einen Moment lang war ich versucht, zu lügen, verwarf den Gedanken aber gleich wieder. Ich wollte Jason nicht mehr anschwindeln, wollte nie wieder Geheimnisse vor ihm haben. Deshalb antwortete ich:

»Er sagt, dass es ihm geholfen hat, über mich hinwegzukommen, und Kate hat ihm den Stoff verschafft. Er … äh, ist jetzt aber über mich hinweg«, fügte ich schnell hinzu, als seine linke Augenbraue nach oben wanderte.

»Das will ich auch hoffen, denn ich werde dich nie wieder hergeben«, sagte Jason. Ich wollte lachen, doch angesichts seines ernsten Gesichtsausdrucks blieb es mir im Hals stecken. Er meinte es absolut ernst und eigenartigerweise klang es aus seinem Mund auch alles andere als kitschig.

»Ich hoffe, du hast nichts dagegen, wenn ich ihn ab sofort als meinen Kumpel ansehe, denn ich mag ihn wirklich sehr … und seine kleine Schwester.« Jason sah mich aufrichtig an.

»Ich vertraue dir, und wenn du mit ihm befreundet sein willst, bin ich der Letzte, der dich daran hindert«, meinte er und gab mir einen sanften Kuss auf die Nasenspitze. Wer hätte gedacht, dass sich doch noch alles zum Guten wenden würde? Ich hatte meinen Freund und meinen alten Kumpel wieder – es hätte nicht besser laufen können. Jetzt mussten wir nur noch eine Freundin für Taylor finden!

»Jason«, sagte ich nach einer Weile. Wir hatten es uns derweilen auf dem Sofa bequem gemacht. Ich lag in seinen Armen, meine Beine über die seinen geschlagen, und hatte mich fest an ihn gekuschelt. Die Heizung war voll aufgedreht, um die Kälte zu vertreiben, und wir hatten eine Kuscheldecke übergeworfen – naja, eigentlich nur ich, denn Jasons Körper produzierte genug Eigenwärme, um nackt in der Antarktis überleben zu können. Ich dagegen hätte mir den Hintern abgefroren, wenn er nicht bei mir gewesen wäre. Ich holte tief Luft, denn ich wusste nicht, wie er meinen Vorschlag aufnehmen würde, doch ich meinte es absolut ernst, als ich sagte:

»Ich möchte deine Familie kennenlernen.« Sofort spannte sich sein Körper an, und er sah bedacht auf mich herab. »Warum?«, fragte er. Ich hob die Schultern.

»Weil ich wissen möchte, wie du früher gelebt hast. Ich möchte deine Geschwister kennenlernen, die großen und die kleinen.«

»Du weißt, dass wir keine Bilderbuchfamilie sind, und was du sehen wirst, wird dich wahrscheinlich zu Tränen rühren«, warnte er mich.

»Trotzdem, ich möchte sie kennenlernen«, beharrte ich. Er musterte mich.

»Jetzt sofort?« Ich lachte und vergrub meine Nase an seinem Hals.

»Nicht sofort, aber sobald du dazu bereit bist. Außerdem muss ich mich bei Rebecca entschuldigen. Sie muss mich für eine wild gewordene Furie halten.« Ich blickte zu ihm auf und sah, dass er grinste.

»Das solltest du, aber lass uns jetzt nicht von meiner Familie sprechen, ich will dich einfach nur genießen«, sagte er und zog mich auf seinen Schoß.

»Du willst *mich* genießen?«, fragte ich schmunzeln. Er schlang die Arme um meinen Körper und zog mich näher heran, um mir sanft in den Hals zu beißen. »Ich habe noch eine Frage«, sagte ich und versuchte, mich kichernd aus seiner Umarmung zu befreien.

»Warum in Gottes Namen dieses verdammte Lusthotel?« Er lachte.

»Das war nicht meine Idee. Meine Brüder haben Rebecca ohne mein Wissen hergeschickt, und da war das Motel wohl das günstigste. Glaub mir, ich war auch nicht begeistert, als ich meine kleine Schwester in diesem Freudenhaus gesehen habe. Aber du warst ja dabei«, fügte er augenzwinkernd hinzu.

»Allerdings«, sagte ich und boxte ihn gegen die Schulter.

»Ich stand kurz vor einem Herzinfarkt, als du ihr das Geld gegeben hast. Aber sag doch mal, konntest du dich mit deiner Familie aussprechen? Habt ihr das unter euch geklärt?«

»Fürs Erste schon, aber es wird sicherlich nicht lange dauern, bis sie sich wieder melden.

Und jetzt Schluss damit. Komm her«, sagte er und zog mich zu sich heran.

Epilog

Taylor war wieder fest im Footballspiel verankert und führte seine Mannschaft von einem Sieg zum nächsten. Ich hatte es mir wieder angewöhnt, bei seinen Spielen zu zuschauen, und wann immer Jason die Zeit fand, gesellte er sich zu mir auf die Tribüne und feuerte ihn an. Zu Kate hatte Taylor den Kontakt abgebrochen und sollte sie sich mir jemals auf einhundert Meter nähern, so hatte er ihr angedroht, würde ich sie anzeigen.

In der letzten Woche waren meine Eltern zu Besuch gekommen, um meinen Geburtstag nachzufeiern, und zusammen hatten wir mit Jasons Eltern einen Kennenlern/ Pokerabend veranstaltet. Und entweder lag es daran, dass ich haushoch gewonnen hatte, oder er gewöhnte sich langsam an mich, aber Jasons Vater wurde allmählich warm mit mir. Seine Familie in Kansas hatten wir noch nicht besucht, aber Jason versprach mir, dass wir in den Semesterferien zu ihnen fliegen würden. Außerdem hatte sich Vickys Vater, Onkel John, dazu bereit erklärt, Rebecca einen Platz am College zu beschaffen. Sie würde hier zur Schule gehen und am Wochenende in *Maxime's Boutique* aushelfen.

So würde sie mich entlasten und sich etwas dazu verdienen können.

Und Jason und ich? Wir hatten uns geschworen, nie wieder Geheimnisse voreinander zu haben und nichts zwischen uns kommen zu lassen.

Ich war die letzten Wochen sprichwörtlich im siebten Himmel geschwebt, und es machte nicht den Anschein, als würde sich in naher Zukunft etwas daran ändern.

Jason trug mich auf Händen, las mir jeden Wunsch von den Lippen ab und nahm seinen Vorsatz, mich nie wieder gehen zu lassen, äußerst ernst.

Ich war seine Königin und jedes Mal, wenn ich glaubte, dass es zwischen uns langweilig werden könnte, belehrte er mich eines Besseren.

Ich würde nie genug von ihm zu bekommen, und ich wusste, dass es anders herum genauso war, und trotz oder vor allem wegen unserer Gegensätze ergänzten wir uns ganz wunderbar.

Wir waren wie füreinander geschaffen, ein unschlagbares Team, und ich war gespannt, was die Zukunft noch alles für uns bereithielt.

Oh, und ich hatte endlich einen Namen für mein Kätzchen gefunden: *Mira.*

*** **Ende*****

Facebook: Miranda J. Fox
www.mirandajfox.com

Lesen Sie auch:

Love and Fire – Eric (Teil 4)

Dieser Roman ist in sich abgeschlossen und kann unabhängig von den ersten Teilen gelesen werden.

Leseprobe

Prolog

Was war das? Anfangs war es nur ein Kribbeln, dann wurde der Druck fester und wanderte in kreisenden Bewegungen meinen Schenkel hinauf, was mich allmählich wach werden ließ. Das ärgerte mich, denn ich wurde von den weiten, saftigen Wiesen weggerissen und in die verqualmte und heruntergekommene Gaststätte zurückgeholt, in der ich unfreiwillig nächtigen musste. Ich begriff, dass ich meinen Vorsätzen zum

Trotz eingeschlafen war, und noch bevor ich mich über die plötzliche Störung ärgern konnte, wurde mir bewusst, dass etwas nicht stimmte.

Alkohol geschwängerter Atem schlug mir entgegen, gemischt mit kaltem Schweiß, sodass ich die Nase rümpfte, noch ehe sich meine Augen öffneten. Das Streicheln an meinem Bein wanderte höher, bis … Ich riss schlagartig die Augen auf und wollte aufspringen, doch da legte sich eine Hand auf meine Schulter und drückte mich aufs Sofa zurück.

»Schhhht, ganz ruhig, Kleine. Wir wollen doch niemanden wecken«, säuselte ein schwarzhaariger Mann, und eine weitere Alkoholfahne kam mir entgegen. Während ich ein Nickerchen hielt, hatte er sich unbemerkt neben mich gesetzt und mir einen Arm um die Schultern gelegt, sodass ich ihm nun viel zu nahe war. Er war aber nicht allein, wie ich bemerkte, denn zu meiner anderen Seite saß ein weiterer Mann. Diesen kannte ich, ich hatte ihn Stunden zuvor freundlich, aber bestimmt ab-gewimmelt, als er sich mir an der Bar hatte nähern wollen. Nun lag seine Hand auf meinem nackten Schenkel und schob das Kleid Stück für Stück höher.

»Nimm deine Griffel weg!«, rief ich und versuchte, seine Hände wegzuschlagen.

Da legte sich eine Hand auf meinen Mund und erstickte weitere Proteste.

»Ich will wirklich nicht gewalttätig werden, aber wenn du nicht sofort ruhig bist, werde ich ungemütlich«, raunte mir der Schwarzhaarige zu. Gewalttätig? Und wie nannte er das, was er gerade tat?

»Komm schon, wir wollen uns nur ein bisschen amüsieren«, nuschelte der Blonde und fuhr mit seiner Erkundungstour fort. Ich bäumte mich auf und versuchte, seiner Hand zu entkommen, doch meine Arme waren hinter meinem Rücken fixiert und mein Mund verschlossen.

Ich konnte also nur mit angehaltenem Atem dabei zusehen, wie er meinem Höschen immer näher kam. Gott, was sollte ich nur tun? Der Raum war, bis auf das schwache Licht einer einzelnen Lampe, voll-kommen dunkel, und so viel wie die übrigen Gäste vorhin getrunken hatten, würden sie in nächster Zeit mit Sicherheit nicht wach werden. Abgesehen davon gewitterte es heftig, sodass die Chance, dass mich irgendjemand hörte, gleich null war. *Wo steckte nur der Wirt?*, dachte ich verzweifelt, während ich mich vehement wehrte.

»Vielleicht sollten wir uns von oben nach unten arbeiten«, säuselte der Schwarzhaarige und begann, meinen rechten Träger über die Schulter zu ziehen. Plötzlich schwang die Eingangstür auf, und meine Peiniger rissen die Köpfe herum, um festzustellen, wer sie störte. Ich hätte selbst über die Schulter geblickt, wenn mein Kopf nicht fixiert gewesen wäre.

»Störe ich bei irgendetwas?«, fragte eine männliche Stimme, als das Licht angeschaltet wurde. Die beiden ließen mich augenblicklich los, sodass ich aufspringen und mich in Sicherheit bringen konnte.

»Diese Dreckskerle haben mich mitten im Schlaf befummelt und wollten …«, rief ich, doch der Blonde unterbrach mich.

»Halt‘ den Mund, wir wollten dich bloß ärgern, nichts weiter.«

Ich stolperte zu dem Mann am Eingang, und obwohl ich ihn nie zuvor gesehen hatte, fühlte ich mich bei ihm gerade am sichersten. Ich warf dem Schwarzhaarigen einen giftigen Blick zu und rief:

»Nichts weiter? Wenn er nicht gekommen wäre, dann …«

»Was dann?«, fragte der Mann hinter mir, und sein harter Tonfall veranlasste mich dazu, mich zu ihm umzudrehen. Trotz seines wütenden Blickes sah er ungemein gut aus, wie ich feststellte. Sein dunkelbraunes Haar war voll und in alle Himmels-richtungen gestylt. Diese lockere und leicht verwirrte Frisur gab ihm etwas Verwegenes und ließ seine himmelblauen Augen nur noch mehr zur Geltung kommen. Direkt unter der Glühbirne schienen sie geradezu zu leuchten und erinnerten an einen strahlend blauen Ozean. Er war einen guten Kopf größer als ich, dunkel gekleidet und obwohl er kein Muskelprotz war, vermutete ich unter der schwarzen Lederjacke und der ebenso dunklen Hose einen gutgeformten Körper. Er strahlte so viel Selbstbewusstsein aus, dass es gar nicht anders sein konnte.

»Was wolltet ihr machen?«, fragte er und taxierte die beiden. Falls es ihm aufgefallen sein sollte, dass ich ihn angestarrt hatte, so ließ er es sich nicht anmerken.

»Gar nichts, ich schwöre. Ich wollten sie nur ein bisschen ärgern«, beteuerte der Blonde.

»Ärgern?«, wiederholte ich fassungslos.

»Kennst du die beiden?«, fragte der Neuankömmling und musterte mich nun. Als seine Augen auf mein kurzes Kleid fielen, fühlte ich mich unbehaglich, denn seinem Blick nach zu urteilen, bräuchte ich mich gar nicht wundern, wenn ich befummelt wurde. Gut, das Cocktailkleid war wirklich etwas knapp gehalten, aber es war das einzige Kleidungsstück, das ich in meiner Tasche dabei gehabt hatte und mein Shirt und die Hose waren nicht mehr zu gebrauchen gewesen. Und wie hätte ich auch ahnen können, dass mich diese Mistkerle anfallen würden?

»Natürlich nicht!«, sagte ich abfällig und musterte meine Peiniger. Wofür hielt er mich denn?

»Was ist denn hier unten los?«, erklang eine verschlafene Stimme von der Treppe her, und der Wirt trat ins Erdgeschoss. Ach, sieh mal einer an. *Das* hatte er gehört, aber meine Schreie nicht!

»Offenbar liegt hier ein Missverständnis vor«, schaltete sich Blondie sofort ein.

»Das ist ganz und gar kein Missverständnis. Ihr habt mich befummelt und wolltet sonst was mit mir anstellen!«, knurrte ich und trat nun, da keine Gefahr mehr von ihnen drohte, wütend auf sie zu.

»Ist das wahr?«, fragte der Wirt und kam näher. Die dunklen Ringe unter seinen Augen und das wirre Haar ließen darauf schließen, dass er direkt aus dem Bett kam. Jetzt würden sie dafür bezahlen, mich angefasst zu haben.

»Natürlich stimmt das, ich denke mir das sicher nicht aus«, bestätigte ich.

»Sie lügt«, sagte der Schwarzhaarige und erntete einen vollkommen überraschten Blick meinerseits.

»Wir haben seelenruhig in unseren Betten geschlafen, als sie an unserer Tür geklopft und uns hier runter gelockt hat. Sie wollte uns scharf machen.«

Ich starrte ihn entgeistert an, unfähig, zu glauben, was für einen Schwachsinn er da gerade von sich gab. Der Wirt und der Neuankömmling musterten mich daraufhin neugierig, und ich konnte nicht anders, als laut zu lachen.

»Das ist ja wohl unglaublich«, sagte ich und vergrub das Gesicht in den Händen. Dann fuhr ich über meine Stirn und sagte:

»Diesen Scheiß glaubt ihr doch wohl selbst nicht.«

»Tu nicht so, du wurdest auf frischer Tat ertappt. Du wolltest es genauso sehr wie wir.«

Ich konnte nicht anders, als ihn mit offenem Mund anzustarren und den Kopf zu schütteln.
Der Wirt warf resigniert die Hände in die Luft.
»Da hier Aussage gegen Aussage steht, kann ich leider nichts tun. Und Kameras habe ich hier auch nicht, um den Sachverhalt klären zu können. Ich könnte die Polizei rufen, aber ohne Beweise dürfte da nicht viel zu machen sein.« Gott, das konnte doch alles nicht wahr sein!
»Wer sind Sie eigentlich?«, fragte er an den Neuankömmling gewandt.
»Ich bin auf dem Weg in die Stadt und muss das Telefon benutzen. In diesem Kaff hat man einfach kein Empfang«, sagte er, woraufhin ich ihm einen argwöhnischen Blick zuwarf. Ging es vielleicht auch etwas freundlicher?
»Haben Sie denn nichts gesehen?«, fragte der Hauswirt und deutete auf mich. Mich wunderte, dass er die offensichtliche Beleidigung des Fremden überhörte, aber vielleicht sah er es ja genauso, denn wir befanden uns ja wirklich in der hintersten Ecke der Welt.
Der Angesprochene musterte mein Gesicht, und als er den Kopf schüttelte,

konnte ich es nicht glauben. Wollten mich denn hier alle veräppeln? Als er das Licht angeschaltet hatte, waren ihre Hände doch noch auf meinem Körper gewesen. Sogar den Mund hatten sie mir zugehalten. Das konnte er unmöglich übersehen haben!

»Sind Sie sicher?«, fragte der Wirt, als er meinen Gesichtsausdruck bemerkte.

»Es war zu dunkel, ich habe die drei nur auf dem Sofa gesehen, mehr nicht«, bestätigte er.

»Dann kann ich leider nichts für dich tun«, sagte der Wirt an mich gewandt und winkte den Neuankömmling zur Theke, damit er telefonieren konnte. Als sie sich abwandten, sah ich, wie sich meine Peiniger triumphierend angrinsten und mir dann einen Qualen verheißenden Blick zuwarfen.

Es lief mir eiskalt den Rücken runter, als sich der Blonde mit dem Finger über die Kehle fuhr und mir damit signalisierte, dass sie mit mir noch nicht fertig waren.

Ich musste noch heute Nacht von hier verschwinden, und während mein Blick auf den telefonierenden Neuankömmling fiel, fragte ich mich, wie ich nur in diese Situation hatte geraten können?

Kapitel 1

»Und du bist sicher, dass du alleine herkommen willst?«, fragte Emma, meine stets besorgte große Schwester.

»Jaaa«, antwortete ich gedehnt und konnte gerade noch ein Augenrollen unterdrücken. Ich war süße neunzehn und damit nur drei Jahre jünger als sie, aber nach den traumatisierenden Ereignissen vor zwei Jahren war ihre Sorge nicht unbegründet – ich würde mich also hüten, ihr Bemutterung vorzuwerfen. Sie war letzte Woche 22 Jahre alt geworden und weil ich mitten im Umzug steckte, hatte ich ihren Geburtstag nicht mit ihr feiern können. Zum großen Bedauern meiner Eltern zog ich nun aber zu ihr in die Stadt, und dann würden wir ihren Ehrentag nachholen.

»Also gut, wir holen dich am Bahnhof ab«, sagte sie und legte auf. Mit *wir* meinte sie sich und ihren Millionärsfreund James Carter. Ich musste ge-stehen, ich hatte da so meine Vorurteile, was reiche Leute betraf. Ich verstand einfach nicht, warum man so viel Geld besitzen musste und es nicht lieber in gemeinnützige Zwecke steckte. Sicher, ein Haus, ein Auto und vielleicht eine kleine Rücklage wünschte ich mir auch, aber ich musste keine millionenschwere Villa besitzen und dreißig Angestellte aushalten, um glücklich zu sein. Nach allem, was ich über ihn gehört hatte, war er aber offenbar ganz anständig und er machte meine Schwester glücklich – das war die Hauptsache. Außerdem war Emma nicht für ihre Leicht-fertigkeit bekannt, also musste wirklich etwas an diesem Multimillionär dran sein. Verdammt, schon wieder so ein abfälliger Ton – ich konnte es einfach nicht lassen.

Nachdem Dad meine schwere Reisetasche ins Auto gehievt hatte, lief er zur Fahrerseite, und weil wir jeden Moment einen Handwerker erwarteten, musste meine Mom hier bleiben und mich am Haus verabschieden. Es war kein großes Haus, barg gerade mal Platz für vier Personen, mit einem großen Kinderzimmer, das Emma und ich uns in Kinderjahren hatten teilen müssen.

Außerdem hatte es etwa einmal im Monat ein Wehwehchen, weshalb uns die Handwerker schon beim Vor-namen nannten und meine Eltern ernsthaft über eine Handwerker-Flatrate nach-denken sollten – die es natürlich nicht gab. Aber sie liebten ihr Haus und waren stolz darauf, es ihr Eigen nennen zu können – immerhin hatten sie ihr halbes Leben lang dafür gespart. Und trotz seiner Baufälligkeit liebte auch ich unser gemütliches Häuschen. Ich war hier aufgewachsen und hatte stets Geborgenheit und Liebe gefunden – ich würde es also vermissen, genau wie meine Eltern.

Meine Mutter, eine Bankangestellte, die stets darauf bedacht war, sich adrett zu kleiden und ihre Frisur zu richten, nahm mich ein letztes Mal in die Arme. Schon den ganzen Morgen über war sie weinerlich gewesen und hatte sich um ein aufmunterndes Lächeln bemüht – natürlich vergeblich.

Ich konnte mir nicht einmal annähernd vorstellen, wie es sein musste, sein letztes Kind aus der Obhut zu geben. Bei einer Großfamilie war es sicher nicht so schmerzlich, vor allem, wenn man noch einige auf *Reserve* hatte, aber wenn das letzte Kind das Haus verließ, musste das unglaublich schmerzhaft sein. Ich war also froh, nicht in ihrer Haut zu stecken, und hoffte, diese Erfahrung noch lange Zeit aufschieben zu können.

Allzu große Gedanken brauchte ich mir deswegen aber nicht machen, denn anders als meine beliebte Schwester hatte ich mich immer schwer getan, einen Freund zu finden. Nicht, dass sie sich den Männern an den Hals geworfen hätte, aber sie war immer der Liebling der Lehrer und Jungen gewesen, während ich stets die schüchterne kleine Schwester gewesen war - schüchtern, aber vorlaut. Eine Mischung, die leider nie wirklich zusammengepasst und oft für Explosionen gesorgt hatte. Als würde man Cola mit Mentos-Bonbons trinken – es *harmonierte* einfach nicht.

Die Schüchternheit hatte ich über die Jahre abgelegt, meine große Klappe war dagegen geblieben.

Aber es gab noch einen anderen Grund, warum ich nie wirklich viele Freunde aufzählen konnte. Eine bedeutendere Tatsache war nämlich, dass ich schlichtweg überreif war – zumindest unterstellten mir das Mom und Emma ständig. Aber was konnte ich denn dafür, wenn ich nicht mit Barbiepuppen spielen wollte und mich die dämlichen Gespräche über Jungs langweilten? Ich hatte diese verblödeten Ziegen noch nie verstanden, die sich für nett ausgaben, aber hinter dem Rücken anderer lästerten und Lügen erzählten, nur, um sich bei einem beliebten Jungen interessant zu machen.

Die sich absichtlich im Sportunterricht den Ball an den Kopf werfen ließen, damit sie das Gesprächs-thema Nummer eins waren oder so taten, als würden sie eine einfache Wasserflasche nicht aufschrauben können, weil sie ja ach so schwach waren und männliche Hilfe benötigten. Ich meine, hallo, wo lebten wir denn? Die Emanzipation lag dann doch schon einige *Tage* zurück.

Aber die Männerwelt war auch nicht besser. Oder war es normal, dass man einem Mädchen Zuneigung zeigte, indem man es körperlich quälte? Es hatte da nämlich in der Grundschule einen Mitschüler gegeben, der mich ständig geboxt und geschubst hatte und von dem ich Jahre später erfuhr, dass er mich damit beeindrucken und umwerben wollte. Klar, wer möchte nicht mit blauen Flecken an den empfindlichen Armen nach Hause kommen und den Verursacher seinen Eltern als Freund vorstellen?

All dieses Gehabe hatte mich schon früh abgestoßen, und irgendwie hatte ich meine Abneigung gegenüber Jungs nie ganz verdrängen können. Natürlich war ich schon in den einen oder anderen verknallt gewesen, aber bisher hatten sich die Auserwählten immer als Enttäuschung entpuppt, weshalb ich mich später auf ältere Jungs konzentriert hatte.

Leider war bei denen das Problem, dass sie nur eines im Sinn hatten und das war, sich möglichst oft die Hörner abzustoßen, zu saufen und zu feiern. Wie man es also drehte und wendete, meinen Prinz Charming würde ich wohl nie finden.

Aber genug des Gejammers, jetzt zog ich ja in eine neue Stadt, vielleicht würde sich mein Leben dort vollkommen ändern.

»Pass gut auf dich auf, mein Schatz«, nuschelte meine Mutter an meinen Kopf, den sie an ihre Schulter gedrückt hatte.

»Und dass du dich ja oft genug meldest«, fügte sie mahnend hinzu und hielt mich an den Schultern gepackt von sich, um mich ein letztes Mal zu mustern.

»Mach ich, Mom, mach's gut«, sagte ich und gab ihr einen Wangenkuss. Dann ließ ich mich ein letztes und gefühlt hundertstes Mal drücken und lief zu Dad.

Der Gang zu einem Auto war stets von mulmigen Gefühlen begleitet, doch die Angst hielt sich in Grenzen – zumindest, wenn mein Vater am Steuer saß. Ich vertraute ihm, denn er tat alles dafür, damit ich mich in seinem Wagen wohlfühlte, und solange er sich an die Geschwindigkeitsbegrenzung hielt oder besser noch darunter lag, konnte ich damit umgehen. Langsamer zu fahren, hieß nämlich, flexibel zu sein und besser auswichen zu können. Eine Eigenschaft, die auf der Autobahn überlebensnotwenig war – ich musste es wissen.

Meine Angst vor dem Vierräder schränkte mich natürlich erheblich in meiner Lebensweise ein, denn in unserem beschaulichen Städtchen war man auf ein Auto angewiesen. Vielleicht war das mit ein Grund, warum ich nicht viele Freunde hatte, ich kam dadurch einfach nie unter Leute.

Zu einer Party fahren, die zwei Stunden entfernt in der Großstadt lag, über eine Autobahn? Undenkbar, denn auf einer Autobahn hatte mein Leben beinahe geendet, und genau deshalb musste ich auch heute wieder auf einen Zug umsteigen, zu dem mich mein Vater nun fuhr.

Manch einer mag sich jetzt fragen, warum ich eine Zugfahrt vorzog, obwohl diese so viel schneller war als eine Autofahrt, aber bei einem Zug konnte mir wenigstens nichts entgegenkommen und Angst war größtenteils sowieso nicht rational zu begründen.

Im Gegenteil, ich kannte sogar eine Frau, die furchtbare Angst vor Hauspinnen hatte, sich an Taranteln aber nicht störte.

Ihrer Aussage nach machten ihr nämlich gerade die dünnen Beinchen und der kleine Körper Angst, und das war ja wohl noch unsinniger. Ich konnte also mit allem anderen umgehen – nur nicht mit rasenden Autos.

»Alles klar?«, fragte Dad und warf mir einen prüfenden Seitenblick zu, bevor er den Motor startete.

»Wird schon schiefgehen«, sagte ich, holte tief Luft und wartete auf das Aufheulen des Motors.

***

Eine halbe Stunde und schweißnasse Hände später kamen wir am Bahnhof an. Schweißnass deshalb, weil wir uns mit der Zeit verkalkuliert hatten und dann doch schneller hatten fahren müssen. Wir wollten nämlich nicht meinen Zug verpassen, der nur einmal am Tag fuhr. Zudem herrschten aber auch saharamäßige Temperaturen, die einen aus jeder erdenklicher Pore schwitzen ließen, was zu meinen feuchten Händen beitrug.

Unwetter sollte heute Abend folgen – ein Naturschauspiel, das ich ganz und gar nicht schätzte. Vor Unwetter hatte ich fast genauso viel Angst wie vor dem Fahren. Gott, war ich nicht jämmerlich? Abgesehen von den beiden Phobien hatte ich aber keine weiteren Ängste, zumindest keine, die für eine Neunzehnjährige nicht üblich gewesen wären. Was würde später aus mir werden? Würde ich überhaupt jemals einen Freund finden oder als alte Jungfer enden? So was eben.

Dad trug meine schwere Tasche, in der ich mein letztes Hab und Gut verstaut hatte, zum Zug und schloss mich dann in seine

Arme. All meine Möbel und Kisten befanden sich bereits in der neuen Wohnung, und ich freute mich darauf, sie mit Emma und ihrer besten Freundin Rachel aufzubauen und aufzupacken.

Mit den beiden hatte man einfach immer Spaß, auch wenn mir Rachel manchmal etwas zu *ausgelassen* feierte. Als mir Emma erzählte, dass Rachel sie in einen Swinger Club geschleppt hatte, war ich zuerst aus allen Wolken gefallen, zum Schluss hatten wir uns aber köstlich darüber amüsiert. Und letztendlich hatte sich der Ausflug für Emma ja gelohnt, denn sie hatte dabei James kennengelernt.

Nachdem ich meinen Vater verabschiedet hatte, hievte ich die schwere Tasche, in der sich mein Laptop, meine letzten Bücher und ein paar andere Sachen befanden, in den Zug und begab mich zu meinem Platz. Schon allein diese kurze Strecke brachte mich erheblich zum Schwitzen und ein kurzer Rundblick zeigte mir, dass der Zug keine funktionsfähige Klimaanlage besaß. Die Fenster ließen sich ebenfalls nicht öffnen – na, das war ja perfekt! Ich setzte mich zu den anderen Fahrgästen, die sich das Abteil mit mir teilten, und holte meinen Laptop heraus, um mich mit dem Unterrichtsstoff vertraut zu machen.

Das College würde zwar erst in eineinhalb Monaten losgehen, aber ich war gern vorbereitet, und außerdem musste ich mir die neunstündige Fahrt ja irgendwie vertreiben.

Nach vier Stunden klappte ich den Laptop jedoch zu und fächerte, wie alle anderen Fahrgäste, wie besessen nach Sauerstoff. Die Luft schien zu stehen und das Wageninnere vor Hitze zu kochen, und das Shirt klebte mir nicht nur am Rücken, sondern auch am Bauch. Darüber hinaus fühlte sich mein Gesicht an, als würde es sich verflüssigen – kurzum, es war heiß!

Doch kein Wedeln und Jammern half gegen die unbeschreibliche Hitze und auch keine Beschwerde, denn als mein quirliger Sitznachbar wütend zum Schaffner marschierte, wurde ihm mit Bedauern mitgeteilt, dass die Klimaanlage defekt sei und die Fenster wegen eines technischen Defektes nicht zu öffnen wären. Na, wunderbar! Warum hatte man den Zug überhaupt auf die Gleise gelassen?

Nach und nach beschwerten sich aber immer mehr Fahrgäste, und niemand wollte sich mehr mit der nüchternen

Antwort zufriedengeben. Ich hätte selbst protestiert, war aber viel zu sehr damit beschäftigt, nach Sauerstoff zu hecheln, und auch meine schwangere Waggongefährtin sah aus, als würde sie nicht mehr lange durchhalten. Schließlich gab es nur noch eine Möglichkeit, die uns vor dem Kollabieren bewahrte, und das war, den Zug anzuhalten und für untauglich zu erklären. Unglücklicherweise hielten wir aber mitten im Nirgendwo und Stadt sowie Dorf lagen Kilometer weit entfernt. Wie verrückt hasteten die Passagiere nach draußen, wo es auch nicht viel kühler war, aber wenigstens drohte nun keine Erstickungs-gefahr mehr. Wie uns dann über die Bahnhoflautsprecher mitgeteilt wurde, musste der Zugverkehr fürs erste eingestellt werden.

Ich konnte es nicht glauben, als die Durchsage erklang, und alle anderen wohl auch nicht, wobei der Zug nicht einmal viele Passagiere beherbergt hatte. Ich zählte gerade mal 23 Menschen, dabei war der Zug für mindestens einhundert Leute ausgelegt, aber offenbar waren da einige schlauer gewesen als wir und hatten das Auto oder Flugzeug genommen. Nach allem, was man in den letzten Tagen an

Kritik an der Bahn hatte lesen können, hätte ich misstrauisch sein sollen, aber wie hätte ich auch ahnen sollen, dass die Betriebe ihre Züge dennoch mit defekten Klimaanlagen fahren ließen?

Jetzt hatte ich den Salat, und während ich mich auf einer überschatteten Bank niederließ, überlegte ich meine nächsten Schritte.

Zurückfahren war keine Option, denn nicht nur, dass ich meinem Dad die siebenstündige Autofahrt nicht zumuten wollte - denn der Zug war ja um einiges schneller als ein Auto -, mir selbst wollte ich das noch viel weniger. Ich konnte aber auch schlecht hier sitzen bleiben und auf den Morgen warten, es würde heute noch schwer gewittern.

»Das kann ja wohl nicht Ihr Ernst sein!«, hörte ich eine aufgebrachte Frau rufen.

Ich sah zum Bahnsteig, auf dem sich eine kleine Menschengruppe um den Schaffner versammelt hatte und stürmisch auf ihn einredete.

Der Arme, er konnte nun wirklich nichts für den Zustand des Zuges.

»Tut mir leid, Ma'am, aber da kann ich leider nichts machen«, antwortete er freundlich, aber bestimmt.

»Ich bin eine hochschwangere Frau«, sagte sie empört und deutete überflüssigerweise auf ihre runde Kugel.

»Wie stellen Sie sich das vor? Ich muss noch heute in die Stadt!«

Der Schaffner hob abwehrend die Hände.

»Glauben Sie mir, das will ich auch, aber wir können Sie alle unmöglich wieder in den Zug lassen. Sie würden da drin kollabieren und das können wir nicht verantworten.«

»Aber in diesen Zug konnten Sie uns stecken, oder? Das ist genauso verantwortungslos«, mischte sich ein schmächtiger Mann ein. Er sah wütend zu dem langen Schaffner hinauf und schob nervös seine Brille zurecht. Darauf hatte der Zugführer nichts mehr zu sagen, und die Diskussion ging weiter. Ich klinkte mich aus und sinnierte weiter über meine Möglichkeiten. Einige Minuten später wurde mir die Entscheidung in Form einer Durchsage abgenommen, bei der uns der Logführer folgenden Vorschlag unterbreitete:

»Bitte quartieren Sie sich in den drei umliegenden Gasthäusern ein, welche herkömmlich für vorbeiziehende Kraftfahrer gedacht sind und Ihnen Kost und Logis bieten. Dort können Sie auf Kosten des Unternehmens nächtigen und morgen Ihre Reise fortsetzen.«

Damit wollten sich natürlich nicht alle zufriedengeben, vor allem die Schwangere nicht, aber es gab keine andere Möglichkeit. Ich war nur froh, dass ich nicht zurück musste, und es würde ja nicht für lange sein, also informierte ich meine Eltern und Emma darüber und klappte das Handy schließlich wieder zu. Weil die Gaststätten nur für wenige Menschen ausgelegt waren, mussten wir uns aufteilen, wobei die Älteren und Kinder in das nächstliegende gebracht und wir übrigen weiter verteilt wurden. Unglücklicherweise wurde ich als Letzte eingeteilt und bekam das Hotel, das am weitesten entfernt lag.

Dementsprechend war auch meine Laune, als ich mir die Tasche über die Schulter hieven und mich auf den Weg machen musste. Als sich nach zehn Minuten der Himmel verdunkelte, ahnte ich, was mir blühte, und tatsächlich, fünf Minuten später schüttete es wie aus Eimern, und ich hatte noch ganze zwanzig Minuten vor mir. Perfekt, einfach nur perfekt!

4029099R00132

Printed in Germany
by Amazon Distribution
GmbH, Leipzig